子《こ》ども寄《よ》席《せ》

秋

六代目《ろくだいめ》柳亭燕路《りゅうていえんじ》作《さく》
二俣英五郎《ふたまたえいごろう》絵《え》

冬

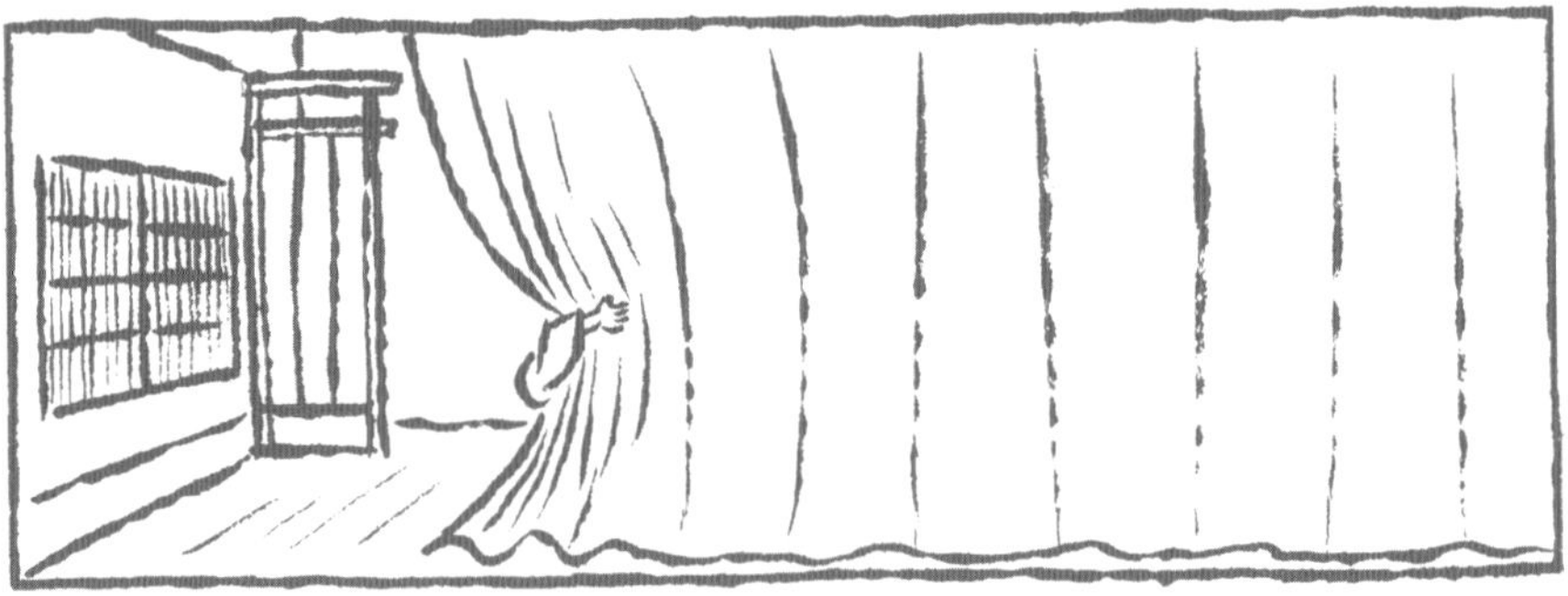

もくじ

いれこみ

ようこそ、『子《こ》ども寄席《よせ》』へ

寄席《よせ》って何《なん》だろう

この本《ほん》の題《だい》にもなっている「寄席《よせ》」とは、落語《らくご》をはじめ、漫才《まんざい》、曲芸《きょくげい》、手品《てじな》などの演芸《えんげい》を専門《せんもん》に見《み》せる場所《ばしょ》です。

そもそも、落語《らくご》は、どのようにしてはじまったのでしょう。戦国時代《せんごくじだい》、大名《だいみょう》のそばにいて、話《はな》し相手《あいて》をつとめたお伽衆《とぎしゅう》がさまざまな話《はなし》を聞《き》かせたうちの、おもしろい話《はなし》が落語《らくご》のもとだといわれ、いまの落語家《らくごか》にあたる人《ひと》たちが登場《とうじょう》したのは、江戸時代《えどじだい》、五代将軍徳川綱吉《ごだいしょうぐんとくがわつなよし》のころだともいわれます。それからさらに百年後《ひゃくねんご》に、落語《らくご》の寄席《よせ》がはじまります。大正時代《たいしょうじだい》の記録《きろく》によれば、東京《とうきょう》には百八十軒《ひゃくはちじっけん》ほども寄席《よせ》があったそうですが、いまは、東京《とうきょう》には七軒《ななけん》ほど、大阪《おおさか》には一軒《いっけん》あるだけです。

寄席《よせ》で最初《さいしょ》に登場《とうじょう》するのは前座《ぜんざ》、つぎに二《ふた》つ目《め》、そして真打《しんうち》とつづきます。前座《ぜんざ》、二《ふた》つ目《め》、真打《しんうち》は、東京《とうきょう》の落語家《らくごか》の、いわば、位《くらい》ですね。寄席《よせ》の楽屋《がくや》の用事《ようじ》などをしながら落語《らくご》を勉強《べんきょう》する前座《ぜんざ》から、二《ふた》つ目《め》をへて、その日《ひ》のしめくくりの落語《らくご》ができる真打《しんうち》になるまで、師匠《ししょう》に入門《にゅうもん》してから十五《じゅうご》、六年《ろくねん》はかかります。

師匠《ししょう》は、弟子《でし》に一対一《いったいいち》で落語《らくご》を聞《き》かせ、弟子《でし》は、ひたすらそれを聞《き》く——それが落語家《らくごか》の修業《しゅぎょう》です。記録《きろく》や録音《ろくおん》をせずに聞《き》くのですから、弟子《でし》は、師匠《ししょう》の一言一句《いちごんいっく》をそのままおぼえるのではなく、「落《お》ち」にたどりつくまでの話《はなし》の骨格《こっかく》を聞《き》きとることになります。ですから、同《おな》じ話《はなし》なのに落語家《らくごか》によって演《えん》じ方《かた》がちがうということがよくあります。この本《ほん》におさめた話《はなし》は、話《はなし》の演《えん》じ方《かた》の一《ひと》つを文字《もじ》にしたものですから、話《はなし》の骨格《こっかく》だけをおぼえ、自分《じぶん》なりの工夫《くふう》をくわえて、友《とも》だちの前《まえ》で演《えん》じてもいいかもしれません。

寄席《よせ》は、出入《でい》り自由《じゆう》ですが、最初《さいしょ》から最後《さいご》までいると四時間《よじかん》くらいかかります。寄席《よせ》には、客席《きゃくせき》でお弁当《べんとう》を食《た》べたり、お酒《さけ》をのんだりしてもいいところもあります。

この文章《ぶんしょう》の見出《みだ》しの「いれこみ」は、寄席《よせ》で幕《まく》が開《あ》くまでの時間《じかん》のこと。ページをめくれば、いよいよ落語《らくご》のはじまりです。おやつと飲《の》み物《もの》を用意《ようい》して、ゆっくり読《よ》んでもいいですよ（おとうさん、おかあさん、『子《こ》ども寄席《よせ》』ですから、おぎょうぎが悪《わる》いといわないでください）。落語《らくご》は、日本独自《にほんどくじ》の文化《ぶんか》ですから、ケーキとジュースより、おせんべいとお茶《ちゃ》のほうが似合《にあ》うかもしれませんね。

（宮川健郎《みやかわたけお》）

平《ひら》林《ばやし》

「おいおい、権助《ごんすけ》。」

「うわぁい。呼《よ》ばったか。」

「ちょっと使《つか》いに行《い》ってきておくれ。」

「ははあ、どこへ行《い》くでがす。」

「本町《ほんちょう》の平林《ひらばやし》さんの家《うち》までだ。」

「何《なに》しに。」

「この手紙《てがみ》をとどけてもらいたいんだよ。」

「手紙《てがみ》をとどけるかね。」

「そうだ、わかったな。」

「わかりやした。では、行《い》ってくるべぇ……ええと、使《つか》いに行《い》ってくるだね。」

「そうだ。」

「どこまで行《い》くだっけかな。」

▼呼《よ》ばったか
呼《よ》んだか。

9　平　林

「本町《ほんちょう》だ。」

「そうそう、本町《ほんちょう》本町《ほんちょう》……本町《ほんちょう》のどこへ行《い》くだったかな。」

「平林《ひらばやし》さんのお宅《たく》だよ。」

「そうだ、平林《ひらばやし》さんだ……何《なに》しに行《い》くだっけ。」

「手紙《てがみ》をとどけにだ。」

「あっはっは、そうだった。では行《い》ってくるべぇ……ええと、どこへ行《い》くだっけ。」

「本町《ほんちょう》だよ。」

「本町《ほんちょう》のどこへ……。」

「おい、お前《まえ》はどうして、そう、忘《わす》れっぽいんだ。いいかい、よぉく覚《おぼ》えな。本町《ほんちょう》の平林《ひらばやし》さんのお宅《たく》へ手紙《てがみ》をとどけに行《い》くんだ。平林《ひらばやし》さんに行《い》くんだぞ。もし名前《なまえ》を忘《わす》れたら誰《だれ》でもいいから、その手紙《てがみ》の宛《あ》て名《な》を読《よ》んでもらって思《おも》い出《だ》すんだ。

早《はや》く行《い》ってきな。」

「へいへい、行《い》ってくるだよ……。どうして俺《おら》はこう物覚《ものおぼ》えが悪《わる》いだろう。ええと、ひ、ひ、ひらばやしだったな。これを忘《わす》れてはなんねぇからひらばやし、ひらばやしといいながら歩《ある》くべぇ。ひらばやし、ひらばやし、ひらばやし……。あれっ、こんな所《ところ》に大《おお》きなぬかるみがあるだよ。こんなものは飛《と》び越《こ》してやるだ。どっこいしょっと。どんなもんだ、へっへっへっ。どっこいしょ、どっこいしょ、どっこいしょ……。あれっ、俺《おら》の行《い》くところはどっこいしょさんの家《うち》だっけかな？　どっこいしょ？　違《ちが》ってるな。そうだ、旦那《だんな》が、もし名前《なまえ》を忘《わす》れたら誰《だれ》かに手紙《てがみ》の宛《あ》て名《な》を読《よ》んでもらえといってたな。向《む》こうから来《く》る人《ひと》に読《よ》んでもらうべぇ……ちょっくらお願《ねが》ぇします。」

▼旦那《だんな》
店《みせ》の主人《しゅじん》をうやまっていう言《い》い方《かた》。

「はい、何《なん》です。」

「この手紙《てがみ》の宛《あ》て名《な》を読《よ》んで下《くだ》せぇ。」

「どれどれ。ははあ、これはね、上《うえ》が平《たいら》という字《じ》で、下《した》が林《はやし》だから平林《たいらばやし》ですよ。」

「たいらばやし。そうかね、ありがとうごぜぇます。ああよかった。たいらばやし、たいらばやし、たいら……何《なん》だか少《すこ》うし変《へん》だぞ。もう一度《いちど》聞《き》いてみるべぇ。あの、ちょっくらうかげぇます。これは何《なん》と読《よ》んだらよかんべぇ。」

「ほほう、ちょっと貸《か》してごらん。ふむ、この上《うえ》の字《じ》は平《ひら》だな、そして下《した》は林《りん》と読《よ》む。だから平林《ひらりん》だ。」

「ひらりん。ああそうでがすか……ひらりん、ひらりん……何《なん》だかおかしげだな。まだ、さっきのたいらばやしの方《ほう》が合《あ》っているような気《き》がするだね。そうだ、両方《りょうほう》いいながら歩《ある》

くべぇ。たいらばやしかひらりんか、たいらばやしかひらりんか……どうも、両方《りょうほう》ともおかしげだな？　もう一度《いちど》聞《き》いてみるべぇ。あの、この字《じ》は何《なん》と読《よ》むだかね。」

「なになに。ええと、これは、一番上《いちばんうえ》が一《いち》という字《じ》だな、次《つぎ》が八《はち》、その次《つぎ》が十《じゅう》、そして木《もく》という字《じ》が二《ふた》つあるから、一八《いちはち》十《じゅう》の木木《もくもく》と読《よ》むな。」

「ああそうでごぜぇますか。いちはちじゅうのもうくもく、いちはちじゅうのもうく……こんなに長《なが》い名前《なまえ》ではなかっただが？　忘《わす》れてはなんねぇから皆《みんな》つづけていいながら歩《ある》くべぇ。たいらばやしかひらりんかいちはちじゅうのもうくもく、たいらばやしかひらりんかいちはちじゅうのもうくもく……何《なん》だか、だんだんにおかしげになるだな。いちはちじゅうのもうくもくなんて名前《なまえ》ではなかっただよ……。あのう、ちょっくらうかげぇます。（と泣《な》き声《ごえ》で）」

「べそをかいてるが、どうかしたかい。」

「へえ、この字《じ》の読《よ》み方《かた》がわからないんでごぜぇます。何《なん》と読《よ》むか教《おし》えてくんろ。」

「ははあ、これかい。これがわからなくて泣《な》いているのかい。何《なん》だ、こんな字《じ》はわけはないよ、教《おし》えてあげるから安心《あんしん》しなさい。いいかい、一番上《いちばんうえ》は一《ひと》つ、次《つぎ》が八《やっ》つ、そして十《とお》、その下《した》に木《き》が二《ふた》つあるから、一《ひと》つと八《やっ》つに十木《とうき》っ木《き》だよ。」

「はあ、ひとつとやっつにとうきっき？……さあ、ますますわかんねぇ。（泣《な》きながら）たいらばやしかひらりんかいちはちじゅうのもうくもく、ひとつとやっつにとっきっき、たいらばやしかひらりんかいちはちじゅうのもうくもく、ひとつとやっつにとっきっき。」

たいらばやしか
ひらりんか
いちはちじゅう
のもくもく
…………

「お父《とっ》つぁん、表《おもて》を見《み》てごらん。変《へん》な事《こと》をいっている人《ひと》が歩《ある》いてるよ。」

「どれどれ、なるほど。おいおい、お前《まえ》さんは気《き》が違《ちが》ったのかい。」

「いや、名《な》が違《ちが》った。」

王子のきつね《おうじのきつね》

昔《むかし》、王子《おうじ》という所《ところ》はたんぼや畑《はたけ》ばかりのさみしい所《ところ》でした。

ある日《ひ》のこと、六《ろく》さんがここを歩《ある》いていると、稲《いな》むらのかげで一匹《いっぴき》の大《おお》きなきつねが頭《あたま》に木《こ》の葉《は》をのせて、ポーンと一《ひと》つ返《かえ》ったかと思《おも》うと、若《わか》い娘《むすめ》さんに……。

「ああっ、化《ば》けたっ。へええ、きつねが化《ば》けるというのは聞《き》いていたが、見《み》たのははじめてだ。うまく化《ば》けるものだなぁ。しかし、あんなかっこうになって誰《だれ》を化《ば》かすのかな？　あれあれ、あたりに誰《だれ》もいないや。すると私《わたし》を化《ば》かすのかな、いやだ……、でもないね。私《わたし》は元《もと》を知《し》ってるんだから承知《しょうち》で化《ば》かされてみよう。こっちから声《こえ》をかけてやれ。おコンちゃんおコンちゃん。」

「あら、しばらくです。」

「やっぱりおコンちゃんか、どうもよく似《に》た人《ひと》だと思《おも》って声《こえ》

▼王子《おうじ》
江戸《えど》・東京《とうきょう》の地名《ちめい》。現《げん》在《ざい》は東京都北区《とうきょうときたく》。

▼稲《いな》むら
刈《か》り取《と》った稲《いね》を積《つ》み重《かさ》ねたもの。左《ひだり》ページのさし絵《え》を見《み》てください。

をかけたんだけどね、こんな所《ところ》で何《なに》をしてたの。うんうん、連《つ》れにはぐれて困《こま》ってた、そりゃいけない。じゃぁ私《わたし》が家《うち》までお送《おく》りしましょうか、そうしてくれると助《たす》かる。そうですか、それじゃお送《おく》りしましょう……。ああそうだ、王子《おうじ》には扇屋《おうぎや》という料理屋《りょうりや》さんがあるんだが、そこでご飯《はん》でも食《た》べて行《い》きましょうか、私《わたし》がご馳走《ちそう》しますよ。うん、行《い》きますか、そうと決《き》まったらさあ行《い》きましょう……。」

「今日《こんち》はぁ、お座敷《ざしき》あいてるかい。二階《にかい》の座敷《ざしき》が、ああそう。二階《にかい》だそうですから、さあ上《あ》がりましょう……。ははあ、いい座敷《ざしき》だね。さあ、そこに座《すわ》って。何《なに》を食《た》べます。ええ、あぶらげ。あぶらげはいけないよ、もっといい物《もの》を食《た》べましょうよ。それじゃ天《てん》ぷら。へえ、やっぱり油《あぶら》っこい物《もの》の方《ほう》がいいの。それじゃ天《てん》ぷらを二人前《ににんまえ》持《も》ってきておくれ、それにお

▼扇屋《おうぎや》
実際《じっさい》に王子《おうじ》にある有名《ゆうめい》な料理屋《りょうりや》さん。一六四八年《ねん》（慶安元年《けいあんがんねん》）に開店《かいてん》した。玉子焼《たまごや》きが名物《めいぶつ》。

▼あぶらげ
あぶらあげ。とうふをうすく切《き》って揚《あ》げたもの。きつねの好物《こうぶつ》といわれる。

酒《さけ》もお願《ねが》いします……。しかし久《ひさ》しぶりですね。お婿《むこ》さん決《き》まりましたか？　まだ決《き》まらないの、それじゃぁ私《わたし》がお世話《せわ》しましょうか、毛並《けな》みのいい。いえ、その、いい人《ひと》を……。さあ、ご馳走《ちそう》が来《き》ましたよ、まずお酒《さけ》を一口《ひとくち》いかがです。ええ、飲《の》めません、そんなことないでしょう、お稲荷《いなり》さんにお神酒《みき》が上《あ》がっているもの。いえ、なに、これは、こっちのはなし。さあ遠慮《えんりょ》しないで……。ほら飲《の》めた、もう少《すこ》しどうです……。」

と、さんざんに飲《の》ませたから、きつねの奴《やつ》はすっかり酔《よ》っぱらって、そこに寝《ね》てしまいました。六《ろく》さんは飲《の》んだり食《く》ったりした後《あと》、そっと下《した》へ下《お》りてきて、こしらえさせたお土産《みやげ》を持《も》つと、

「勘定《かんじょう》は二階《にかい》の連《つ》れが払《はら》います。さよなら。」

▼お稲荷《いなり》さん
農業《のうぎょう》の神様《かみさま》。稲荷神社《いなりじんじゃ》。きつねは、稲荷神《いなりしん》のお使《つか》いといわれる。

▼お神酒《みき》
神様《かみさま》に供《そな》える酒《さけ》。

▼勘定《かんじょう》
代金《だいきん》。ここでは、食《た》べ物《もの》や酒《さけ》のお金《かね》。

と、先《さき》に帰《かえ》ってしまいました。扇屋《おうぎや》では勘定《かんじょう》をもらおうと女《じょ》中《ちゅう》さんが二階《にかい》の座敷《ざしき》へ行《い》ってみると、すっかり酔《よ》っぱらったきつねが、尻尾《しっぽ》を出《だ》して寝《ね》ていたから「きゃぁ」といって二《に》階《かい》から落《お》っこって目《め》を回《まわ》してしまいました。この音《おと》を聞《き》きつけた扇屋《おうぎや》の若《わか》い者《もの》が大勢《おおぜい》で棒《ぼう》などを持《も》ってきつねを追《お》いかけ回《まわ》したから、きつねもびっくりして、やっとの思《おも》いでそこを逃《に》げ出《だ》しました。

一方《いっぽう》、六《ろく》さんの方《ほう》は、

「今日《こんにち》は。」

「誰《だれ》だい。何《なん》だ六《ろく》さんか。」

「えへへ、これお土産《みやげ》です。」

「いつもお土産《みやげ》をもらってばかりいてすまないね。おや扇屋《おうぎや》の玉子焼《たまごやき》だね、高《たか》かったろう。」

「いいえ、これはただでもらっちゃった。」

「へええ。うんうん、王子《おうじ》できつねが娘《むすめ》に化《ば》けて、お前《まえ》さんを化《ば》かそうとしたから、あべこべにお前《まえ》さんがきつねを化《ば》かして、このお土産《みやげ》を持《も》ってきた。おいおい、冗談《じょうだん》じゃないよ、このお土産《みやげ》はいらないから持《も》って帰《かえ》っておくれ。きつねのたたりはこわいよ。私《わたし》はかかわり合《あ》いになるのはごめんだ。お前《まえ》さん早《はや》く家《うち》へ帰《かえ》ってごらん、きっと、お前《まえ》のお内儀《かみ》さんはきつねのたたりで、はたきでも持《も》って、テケテッツク、ステツクツとか何《なん》とかいいながらお神楽《かぐら》でも踊《おど》っているから。」

「そうかな、それは大変《たいへん》だ。」

と急《いそ》いで家《うち》へ帰《かえ》りましたが、いいあんばいに家《うち》では何《なに》も変《か》わったことはありません。しかし、どうにも気《き》になるから、あくる日《ひ》になると手土産《てみやげ》を持《も》って、王子《おうじ》に……。

▼はたき
長《なが》い柄《え》の先《さき》にたばねた布《ぬの》をつけて、ほこりをはらう、そうじの道具《どうぐ》。

▼お神楽《かぐら》
神社《じんじゃ》の祭《まつ》りのときなどに舞《ま》う踊《おど》り。

「たしか、この辺《へん》の稲《いな》むらだったが……。あれあれっ、この穴《あな》から、かわいらしいおきつねさまが出《で》てきたぞ。あのぉ、お坊《ぼっ》ちゃんだか、お嬢《じょう》ちゃんだかよくわかりませんが、いいお毛並《けな》みですね。奥《おく》で誰《だれ》かうなってますね。ええ、うん、おっ母《か》さんが昨日《きのう》悪《わる》い人間《にんげん》にだまされた。ああ、ここの家《うち》かぁ、そのだました人間《にんげん》は私《わたし》なんです。大丈夫《だいじょうぶ》大丈夫《だいじょうぶ》、何《なに》もしないから。昨日《きのう》は酔《よ》っていたのであんな悪《わる》い、いたずらをしちゃってごめんなさい。よくおわびをして下《くだ》さいよ。それから、これはほんのおわびのしるしです。どうかおっ母《か》さんに差《さ》し上《あ》げて下《くだ》さい。ああかわいいな、お土産《みやげ》をくわえて穴《あな》に入《はい》っちゃった……。」

「これこれ、坊《ぼう》や、静《しず》かにしておくれ。おっ母《か》さんは昨日《きのう》悪《わる》い人間《にんげん》にだまされて、棒《ぼう》でぶたれて体《からだ》が痛《いた》いんだから。」

「おっ母《か》さん、そのだました人間《にんげん》が今来《いまき》てね、これ、お土産《みやげ》だって持《も》ってきたから坊《ぼう》やにおくれよ。ね、いいだろう。」

「いけません。人間《にんげん》なんてどんな悪《わる》い事《こと》をするかわからないんだから、そこで開《あ》けていいとなったら、あげるから、開《あ》けてごらん。」

「うん……あっ、おいしそうなぼたもちだ。」

「ああ、食《た》べるんじゃない。馬《うま》の糞《ふん》かも知《し》れない。」

▼ぼたもち
もち米《ごめ》にうるち米《まい》（ふつうの米《こめ》）をまぜてつくったもちに、あんや、きな粉《こ》をまぶした食《た》べ物《もの》。おはぎ。

目黒《めぐろ》の秋刀魚《さんま》

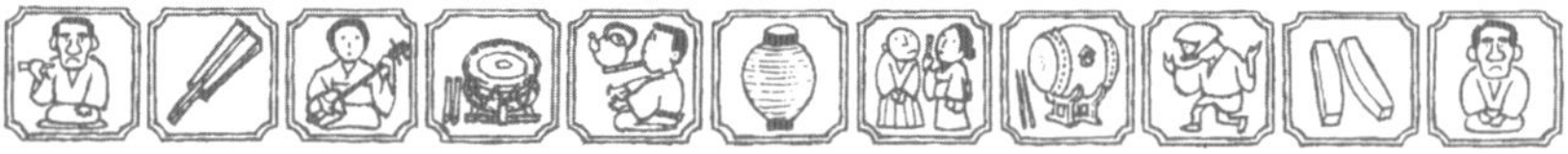

昔《むかし》、ある秋《あき》のこと、赤井御門守《あかいごもんのかみ》という殿様《とのさま》が、

「これこれ金弥《きんや》。こう屋敷《やしき》にばかりいては退屈《たいくつ》じゃな。どこか へ参《まい》ろうか。」

「はっ、しからば遠乗《とおの》りでも遊《あそ》ばされてはいかがでござります。」

「遠乗《とおの》り、よいのう。して、いずれへ参《まい》る。」

「目黒《めぐろ》のあたりがよいかと心得《こころえ》ます。」

「ほほう左様《さよう》か。では目黒《めぐろ》へ遠乗《とおの》りをするぞ、皆《みな》に伝《つた》えろ、後《あと》につづけ、はいよー。」

と、気《き》の早《はや》い殿様《とのさま》で、馬《うま》に乗《の》るとピシリッと鞭《むち》を打《う》ってかけ出《だ》しました。家来《けらい》たちも急《いそ》いで馬《うま》に乗《の》って後《あと》につづき、やがて目黒《めぐろ》につきました。

「うむ、そちたちも思《おも》ったより早《はや》く参《まい》ったな。」

▼**しからば**
それならば。

▼**遠乗《とおの》り**
馬《うま》で遠《とお》くまで行《い》くこと。

▼**して、いずれへ参《まい》る**
ところで、どこへ行《い》くのか。

▼**目黒《めぐろ》**
江戸《えど》・東京《とうきょう》の地名《ちめい》。現在《げんざい》は東京都目黒区《とうきょうとめぐろく》。

▼**左様《さよう》か**
そうか。

▼**そち**
お前《まえ》。目下《めした》の人《ひと》にいうことば。

「はあ、しかし殿《との》の馬術《ばじゅつ》の腕前《うでまえ》にはかないません。」

「左様《さよう》か。では今度《こんど》は、あれに見《み》ゆる一本松《いっぽんまつ》までかけ競《くら》べをいたそう。」

お世辞《せじ》をいわれた殿様《とのさま》、調子《ちょうし》に乗《の》ってかけっこをしたから、すっかりお腹《なか》が空《す》いちまった。

「これこれ、余《よ》は空腹《くうふく》である、弁当《べんとう》を持《も》て。」

「はあ、しかしながら、お出《で》かけがあまり急《きゅう》なゆえ、弁当《べんとう》は持《も》って参《まい》りません。」

「なに、弁当《べんとう》を持参《じさん》いたさぬのか。左様《さよう》かぁ……。」

と、がっかりしてしまいました。しかたがないから一本松《いっぽんまつ》の根本《ねもと》に腰《こし》を下《お》ろして、ぼんやりしていると、どこで焼《や》いておりますのか、秋刀魚《さんま》のにおいがぷーんとしてきた。殿様《とのさま》はふだんから鯛《たい》とか平目《ひらめ》とか高級《こうきゅう》な魚《さかな》ばかり食《た》べているから、

▼余《よ》
わたし。えらい人《ひと》がいばっていうことば。

▼空腹《くうふく》である
腹《はら》がへった。

秋刀魚《さんま》のにおいなんかご存知《ぞんじ》ない。鼻《はな》をぴくぴくさせて、

「妙《みょう》なにおいじゃな、しかし香《こう》ばしいにおいであるぞ。金弥《きんや》、このにおいはなんじゃ。」

「はっ、恐《おそ》れながら秋刀魚《さんま》かと心得《こころえ》ます。」

「ほほう、さんまとはなんじゃ。」

「魚《うお》ではございますが、殿《との》のお口《くち》には合《あ》わぬかと心得《こころえ》ます。」

「だまれっ。かような時《とき》に左様《さよう》なぜいたくを申《もう》しておられるか。かまわぬ、秋刀魚《さんま》をこれに持《も》て、目通《めどお》りゆるすぞっ。」

しかたがないから家来《けらい》がにおいをたよりに来《き》てみると、一軒《いっけん》の農家《のうか》でおじいさんが、これを一生懸命《いっしょうけんめい》に焼《や》いています。聞《き》いてみると、品川《しながわ》に使《つか》いに行《い》った帰《かえ》りに二十匹《にじっぴき》買《か》ってきたのですが、殿様《とのさま》がそんなにお腹《なか》が空《す》いているのなら、差《さ》し上《あ》げましょうと、全部《ぜんぶ》焼《や》き上《あ》げるとお皿《さら》にのせて、大根《だいこん》おろし

▼**恐《おそ》れながら**
こんなことを申《もう》し上《あ》げるのも申《もう》し訳《わけ》ないのですが。

▼**心得《こころえ》ます**
そのように考《かんが》えます。

▼**目通《めどお》り**
身分《みぶん》の高《たか》い人《ひと》の前《まえ》に出《で》ること。

▼**品川《しながわ》**
江戸《えど》・東京《とうきょう》の地名《ちめい》。東海道《とうかいどう》五十三次《ごじゅうさんつぎ》の第一《だいいち》の宿《やど》で、海《うみ》にちかい。現在《げんざい》は東京都《とうきょうと》品川区《しながわく》。

を添《そ》えて、殿様《とのさま》の前《まえ》に出《だ》してくれました。しかし、殿様《とのさま》はこれを見《み》てびっくりしました。なにしろ秋刀魚《さんま》の焼《や》きたてですから、油《あぶら》がちゅうぷーちゅうぷーいっている。その上《うえ》、脇《わき》っ腹《ばら》の所《ところ》に消《け》し炭《ずみ》がついていたりして、それに、まだ火《ひ》がついたり消《き》えたりしているんですから、おどろくのも無理《むり》はありません。しかし、おっかなびっくり箸《はし》をつけてみると、

「うむ、美味《びみ》である。美味《びみ》である美味《びみ》である。」

と、二十匹《にじっぴき》を一人《ひとり》で全部《ぜんぶ》食《た》べてしまいました。

「余《よ》は、かように美味《びみ》なるものを食《しょく》したのははじめてである。これより屋敷《やしき》へもどり、三度三度《さんどさんど》秋刀魚《さんま》を食《しょく》すぞ。」

「うへぇー。恐《おそ》れながら、かようなことがご家老《かろう》にでも知《し》れるとわれらの落《お》ち度《ど》と相成《あいな》ります。どうかお屋敷《やしき》にては申《もう》さぬように願《ねが》います。」

▼**消《け》し炭《ずみ》**
いったん消《き》えた炭《すみ》。

▼**美味《びみ》**
食《た》べ物《もの》の味《あじ》がうまい、おいしい。

▼**かように**
このように。

▼**食《しょく》する**
食《た》べる。

▼**落《お》ち度《ど》**
失敗《しっぱい》。あやまち。ここでは、殿様《とのさま》にふさわしくない下級《かきゅう》の魚《さかな》と考《かんが》えられていた秋刀魚《さんま》を食《た》べさせたこと。

「左様《さよう》か。では申《もう》さぬ。」

とはいったのですが、さあ、それからというものは、寝《ね》てもさめても秋刀魚《さんま》のことが忘《わす》れられません。ところが、ある日《ひ》のこと、殿様《とのさま》がご親類《しんるい》に呼《よ》ばれて、

「今日《こんにち》のお食事《しょくじ》、なんなりとお好《す》きな物《もの》を。」

といわれましたから、即座《そくざ》に、

「余《よ》は秋刀魚《さんま》である。」

といいました。大名《だいみょう》の屋敷《やしき》に普通《ふつう》、秋刀魚《さんま》など置《お》いてないから、すぐに魚河岸《うおがし》へ使《つか》いを出《だ》して、一番上等《いちばんじょうとう》の品物《しなもの》を買《か》ってきました。しかし、これを料理《りょうり》する時《とき》に困《こま》りました。秋刀魚《さんま》は焼《や》いて、お醤油《しょうゆ》で食《た》べるのが一番《いちばん》うまいのですが、この強《つよ》い油《あぶら》が殿様《とのさま》の体《からだ》に悪《わる》いといけないというので、蒸《む》して油《あぶら》をすっかり抜《ぬ》いてしまったから、ばさばさになってしまい

▼即座《そくざ》に
その場《ば》ですぐに。

▼魚河岸《うおがし》
魚市場《うおいちば》。江戸時代《えどじだい》から一九二三年《ねん》の関東大震災《かんとうだいしんさい》までは、日本橋東河岸《にほんばしひがしかし》に魚市場《うおいちば》があった。

ました。その上《うえ》、小骨《こぼね》が喉《のど》にでもささっては大変《たいへん》と、みんなで眼鏡《めがね》を掛《か》けて、毛抜《けぬ》きで、ていねいに一本一本《いっぽんいっぽん》抜《ぬ》きましたから、くしゃくしゃのだらしのない秋刀魚《さんま》が出来上《できあ》がってしまいました。これじゃぁ、そのまま殿様《とのさま》の前《まえ》に出《だ》せないから、おだんごにして、お吸《す》い物《もの》の中《なか》に入《い》れて、

「恐《おそ》れながら。」

といって出《だ》しましたから、殿様《とのさま》は変《へん》な顔《かお》をしましたが、ふたをとってみると、かすかに秋刀魚《さんま》のにおいがしましたから、

「おお、秋刀魚《さんま》である。たしかにこの香《かお》りは秋刀魚《さんま》だ。ああ会《あ》いたかったぞ。」

といって箸《はし》をつけましたが、うまくもなんともない。そりゃ、そうでしょう、油《あぶら》を抜《ぬ》いた秋刀魚《さんま》なぞうまいわけがない。そこで、

▼毛抜《けぬ》き
毛《け》、ひげ、とげなどをはさんで取《と》る金属性《きんぞくせい》の道具《どうぐ》。

▼お吸《す》い物《もの》
日本料理《にほんりょうり》でおわんで出《で》てくる汁物《しるもの》。ふつうは、醤油味《しょうゆあじ》の澄《す》んだ汁《しる》。

「これこれ、これは、いずれで求《もと》めた秋刀魚《さんま》であるか。」

「恐《おそ》れながら、魚河岸《うおがし》にて求《もと》めました。」

「うん、それでいかん、秋刀魚《さんま》は目黒《めぐろ》にかぎる。」

▼求《もと》めた
買《か》った。

落語《らくご》と長屋《ながや》

『子《こ》ども寄席《よせ》』春夏編《はるなつへん》には「お化《ば》け長屋《ながや》」、秋冬編《あきふゆへん》には「粗忽長屋《そこつながや》」をおさめました。さて、その長屋《ながや》って何《なん》でしょう。

長屋《ながや》というのは、細長《ほそなが》い建物《たてもの》を壁一枚《かべいちまい》で何軒《なんげん》かに仕切《しき》った住《す》まいです。一軒《いっけん》は間口《まぐち》(家《いえ》の前《まえ》のはば)が九尺《きゅうしゃく》(約二《やくに》・七《なな》メートル)、奥行《おくゆ》きが二間《にけん》(約三《やくさん》・六《ろく》メートル)が標準《ひょうじゅん》といいますから、せまいですね。その広《ひろ》さのなかに、はきものをぬいだりする地面《じめん》のままの土間《どま》や、台所《だいどころ》もあるわけですから、たたみをしいてあるのは四畳半《よじょうはん》でした。井戸《いど》や便所《べんじょ》は共同《きょうどう》で、長屋《ながや》の外《そと》にありました。

一《ひと》つの長屋《ながや》には、こうした小《ちい》さな住《す》まいが五《ご》、六軒《ろっけん》もあり、長屋同士《ながやどうし》が路地《ろじ》をはさんで向《む》きあったりしていました。路地《ろじ》のはばは、せいぜい一《いち》メートルですから、向《む》かいの家《いえ》のようすは簡単《かんたん》にのぞけますし、うすい壁《かべ》をへだてただけの、となりの物音《ものおと》もよく聞《き》こえたにちがいありません。

こういうところに、落語《らくご》の登場人物《とうじょうじんぶつ》たちは、ひしめきあうように暮《く》らしていたのです。

そこは、けんかもあれば、おたがいのいつくしみもある世界《せかい》でした。そこから、さまざまな話《はなし》も生《う》まれてきたのでしょう。春夏編《はるなつへん》の「夏《なつ》どろ」や、秋冬編《あきふゆへん》の「だくだく」も、長屋《ながや》の話《はなし》です。「夏《なつ》どろ」に登場《とうじょう》する大工《だいく》は、大事《だいじ》な道具《どうぐ》箱《ばこ》を質《しち》に入《い》れてしまいました。「だくだく」の男《おとこ》も、何一《なにひと》つ家具《かぐ》や道具《どうぐ》をもっていません。長屋《ながや》の連中《れんちゅう》は、みんな貧乏《びんぼう》です。

「お化《ば》け長屋《ながや》」のはじまりで、源《げん》さんが「この長屋《ながや》の大家《おおや》くらい嫌《いや》な奴《やつ》はないね。ちょっとした事《こと》でもすぐに小言《こごと》をいってさあ。」とぼやきますが、大家《おおや》というのは、長屋《ながや》の管理人《かんりにん》さんです。

春夏編《はるなつへん》の「寿限無《じゅげむ》」では、長屋《ながや》の熊《くま》さんが、横丁《よこちょう》のご隠居《いんきょ》さんのところへ、子《こ》どもの名前《なまえ》の相談《そうだん》に行《い》きます。横丁《よこちょう》は、長屋《ながや》よりはよい場所《ばしょ》で、ご隠居《いんきょ》さんは、そこで家《いえ》を借《か》りていたのでしょう。りっぱな構《かま》えのお店《みせ》などがある表《おもて》通《どお》りの裏《うら》が横丁《よこちょう》、長屋《ながや》は、さらにその裏《うら》にあったのです。

どうでしょう、落語《らくご》の舞台《ぶたい》が見《み》えてきましたか。

この文章《ぶんしょう》の見出《みだ》しは、「仲入《なかい》り」です。「仲入《なかい》り」というのは、寄席《よせ》の途中《とちゅう》の休《やす》み時間《じかん》のこと。「仲入《なかい》り」がおわると、また、落語《らくご》のはじまりです。


（宮川健郎《みやかわたけお》）

時《とき》そ《そ》ば《ば》

昔《むかし》は『二八《にはち》そば』という商売《しょうばい》がありました。これは、町《まち》の中《なか》を夜《よる》になると、風鈴《ふうりん》を鳴《な》らして、

「そばぁあううわう、葱《ねぎ》なぁぁんばん、しっぽぉぉく。」

と流《なが》して歩《ある》きました。そして、その値段《ねだん》は一杯十六文《いっぱいじゅうろくもん》でした。そこで、二八《にはち》の十六《じゅうろく》、『二八《にはち》そば』といったといいます。

「そばぁあううわう、葱《ねぎ》なぁぁんばん、しっぽぉぉく。」

「おおい、そば屋《や》さん、しっぽくを一《ひと》つ熱《あつ》くしてもらおうか。どうも今晩《こんばん》は寒《さむ》いな、どうだい景気《けいき》は？　あんまりよくない？　そうかい。しかし昔《むかし》から『悪《わる》い後《あと》はいい』というから、そのうちにきっとよくなるよ、まあ心配《しんぱい》しなさんな……おやっ、お前《まえ》さんの所《ところ》の看板《かんばん》は変《か》わってるね。的《まと》に矢《や》が当《あ》たってるな、ええっ？　当《あ》たり屋《や》というのかい。ふうん、そりゃあ縁起《えんぎ》がいいねえ。私《あっし》はそばが大好《だいす》きなんだよ、今度《こんど》この看《かん》

▼**葱《ねぎ》なんばん**
煮《に》たネギとあぶらあげがのっているそば。

▼**しっぽく**
おかめそばのこと。おかめそばは、おかめひょっとこの「おかめ」（おたふくともいう）の面《めん》にまゆ、目《め》、鼻《はな》、口《くち》がばらばらにならんでいるように、かまぼこやのり、青菜《あおな》、しいたけなどの具《ぐ》を上《うえ》にならべたそば。

▼**流《なが》して**
客《きゃく》をもとめて、あちこち移動《いどう》して。

▼**文《もん》**
むかしのお金《かね》の単位《たんい》。

板《ばん》を見《み》たら必《かなら》ず来《く》るからな。」

「ありがとうございます……はい、おまちどうさま。」

「おう、もう出来《でき》たのかい、早《はや》いね、こうこなくっちゃいけないよ。私《あっし》は江戸《えど》っ子《こ》だ、気《き》が短《みじか》いんだよ。だから誂《あつら》えた物《もの》が遅《おそ》いと、いらいらしてくらあ、ありがとう、ありがとう。

おやっ、お前《まえ》の所《ところ》はまた偉《えら》いね、割《わ》り箸《ばし》を使《つか》ってるな。よく割《わ》ってある箸《はし》を使《つか》ってる所《ところ》があるが、あれはいけないよ。誰《だれ》が使《つか》ったかわからなくって、気持《きも》ちが悪《わる》いや……またいいどんぶりを使《つか》ってるね。『ものは器《うつわ》で食《く》わせる』なんていうが、全《まった》くだよ。器《うつわ》がいいと中身《なかみ》がうまそうに見《み》えらあ。（ひと口《くち》お汁《つゆ》を吸《す》って）うん、この汁《つゆ》の具合《ぐあい》がまたいいね、鰹節《かつおぶし》をおごったな。二八《にはち》そばの汁《つゆ》には、ただ塩《しお》っからいのが多《おお》くてこれだけだしを利《き》かしているのはなかなかないよ。（そばを箸《はし》

▼**景気《けいき》は？**
もうかっているかい？

▼**縁起《えんぎ》がいい**
よいことが起《お》こりそうな前《まえ》ぶれ。

▼**誂《あつら》えた**
注文《ちゅうもん》して作《つく》らせた。

▼**おごったな**
ぜいたくにたくさん使《つか》ったな。

そば
二八

ではさんで、目《め》のあたりまで持《も》ちあげ）ほう、細《ほそ》いそばだね。そばは細《ほそ》くなくちゃいけないよ、なかにはうどんじゃないかと思《おも》うほど太《ふと》いのがあるが、あんなのは江戸《えど》っ子《こ》の食《く》うそばじゃないや。（ひと口《くち》食《た》べて）うん、このそばは腰《こし》が強《つよ》くって、ぽきぽきしてらあ。そばは、こうこなくっちゃいけないぜ。（竹輪《ちくわ》を箸《はし》ではさみ）そば屋《や》さん、お前《まえ》とは長《なが》くつき合《あ》いたいね。こんなに竹輪《ちくわ》を厚《あつ》く切《き》って、損《そん》をしないのかい。よくカンナで削《けず》ったんじゃないかと思《おも》うほど薄《うす》いのがあるが、ああいうのはいけないよ。（竹輪《ちくわ》を食《た》べて）うん、本《ほん》物《もの》、本物《ほんもの》。なかには竹輪麩《ちくわぶ》といって麩《ふ》でごまかしてるのがあるが、これは本物《ほんもの》の竹輪《ちくわ》だ。ああうまいうまい、いいそばだ……そば屋《や》さん、もう一杯《いっぱい》といいたいんだが、わきでまずいのを食《く》っちまったんだ。そこでお前《まえ》さんの所《ところ》で、口直《くちなお》しをし

▼腰《こし》が強《つよ》くって
かたさやねばりがあって。

▼竹輪《ちくわ》
魚《さかな》の肉《にく》をすりつぶしたものを竹《たけ》の棒《ぼう》に巻《ま》き、焼《や》いたり蒸《む》したりして作《つく》る。切《き》り口《くち》が竹《たけ》の輪《わ》に似《に》ていることからいう。

▼カンナ
木材《もくざい》の表面《ひょうめん》をけずって、きれいになめらかにする道具《どうぐ》。

▼竹輪麩《ちくわぶ》
竹輪《ちくわ》に似《に》せて、小麦粉《こむぎこ》で作《つく》る。

▼口直《くちなお》し
まずいものを食《た》べたあとで、その味《あじ》を消《け》すために、別《べつ》のものを食《た》べること。

たってわけだ。今日《きょう》の所《ところ》は一杯《いっぱい》で勘弁《かんべん》しておくれ。」

「どういたしまして、ありがとうございます。」

「勘定《かんじょう》はいくらだい？」

「十六文《じゅうろくもん》ちょうだいいたします。」

「それじゃあ、銭《ぜに》が細《こま》かいから勘定《かんじょう》を間違《まちが》えるといけないよ、手《て》を出《だ》しておくれ、いいかい。ひい、ふう、みい、よう、いつ、むう、なな、やあ、そば屋《や》さん、今何時《いまなんどき》だい？」

「九《ここの》つで……。」

「とお、十一《じゅういち》、十二《じゅうに》、十三《じゅうさん》、十四《じゅうし》、十五《じゅうご》、十六《じゅうろく》。」

と勘定《かんじょう》を払《はら》って、すうっと行《い》ってしまいました。これをかげで聞《き》いていたのが、どこか間《ま》の抜《ぬ》けている男《おとこ》で、

「なんだい、あいつは。そば屋《や》にずいぶんお世辞《せじ》をいってたが、お世辞《せじ》をいわなきゃ、そばが食《た》べられないのかな。『そ

▼**今何時《いまなんどき》だい？**
いま何時《なんじ》だい？

▼**九《ここの》つ**
むかしの時刻《じこく》の呼《よ》び方《かた》。ここでは夜中《よなか》の十二時《じゅうにじ》ごろだが、昼《ひる》の十二時《じゅうにじ》ごろのこともいう。

▼**お世辞《せじ》**
相手《あいて》に気《き》に入《い》られようとして、思《おも》ってもいないことをいうことば。

ば屋《や》さん、寒《さむ》いな』だって。寒《さむ》かろうと暑《あつ》かろうと大《おお》きなお世話《せわ》だい。的《まと》に矢《や》が当《あ》たっていて当《あ》たり屋《や》で、縁起《えんぎ》がよくって、割《わ》り箸《ばし》を使《つか》っていて、器《うつわ》がよくって、そばが細《ほそ》くって、お汁《つゆ》がよくって、竹輪《ちくわ》が本物《ほんもの》だなんて、あんなにお世辞《せじ》ばかりいうから、ことによると食《く》い逃《に》げでもするんじゃないかと思《おも》っていたら、勘定《かんじょう》はちゃんと払《はら》ったよ。『そば屋《や》さん銭《ぜに》が細《こま》かいから手《て》を出《だ》してくれ。ひい、ふう、みい、よう、いつ、むう、なな、やあ』『今何時《いまなんどき》だい』と、ここで刻《とき》を聞《き》いたね。『九《ここの》つです』『とお、十一《じゅういち》、十二《じゅうに》？……』、あれっ、何《なん》だか変《へん》だなあ。『ひい、ふう、みい、よう、いつ、むう、なな、やあ、何時《なんどき》だぁ』『九《ここの》つです』『とお』……ああっ、ここで一文《いちもん》ごまかしたな。へええっ、うまくごまかすもんだね。あれじゃあ、そば屋《や》は生涯気《しょうがいき》がつかないよ。うふっ、おもしろいから俺《おれ》も

▼**生涯**《しょうがい》　一生《いっしょう》。死《し》ぬまで。

やってみよう。」

あくる晩《ばん》、細《こま》かいお金《かね》を用意《ようい》して、昨日《きのう》より早《はや》く家《うち》を出《で》ました。

「おい、そば屋《や》さん、しっぽくを熱《あつ》くしてくれ。どうも寒《さむ》いな。」

「いえ、今晩《こんばん》は暖《あたた》かいようで。」

「ああそうそう、寒《さむ》いのは昨日《きのう》だった。ゆうべは寒《さむ》かったな。どうだい、景気《けいき》は？」

「おかげさまで、うまくいっております。」

「ふうん、うまくいってるのか。でも昔《むかし》からいうよ、『いい後《あと》は悪《わる》い』……こりゃいけないや。お前《まえ》の所《ところ》の看板《かんばん》は変《か》わってるね、的《まと》に矢《や》が……当《あ》たってないね。ただ丸《まる》が描《か》いてあって、丸屋《まるや》っていうのかい？　いい名前《なまえ》だな。昔《むかし》からよくいう

だろう、『丸《まる》でしょうがない、丸《まる》でだめ……』、これもいけないや。だけど偉《えら》いよ、お前《まえ》さんの所《ところ》は、そばがすぐに出来《でき》……ええ、まだ出来《でき》ません、いいよいいよ、俺《おれ》は気《き》が長《なが》いんだから……それにしてもゆっくりだな……やっと出来《でき》たかい。ああ、ありがたい、そばを作《つく》るのがゆっくりでもね、箸《はし》がちゃんと新《あたら》しい割《わ》り箸《ばし》……なんだ、割《わ》ってあらぁ。いいよ、この方《ほう》が割《わ》る世話《せわ》がないから。でも、どんぶりはいいどんぶりを……うわぁ、汚《きたな》いどんぶりだなあ、ふちが欠《か》けてるよ、こんなところで食《た》べたら唇《くちびる》を切《き》っちまう。だけど、お汁《つゆ》がいいよ、鰹節《かつおぶし》をおごって……なんだい、こりゃあ、だしなんか利《き》いてないや、ただ塩《しお》っからいだけだ。でもね、そばさえよければいいんだよ。この通《とお》り細《ほそ》……太《ふと》いそばだなあ。これ、うどんじゃないの？　そばです？　本当《ほんとう》かい。でも、腰《こし》が強《つよ》

くってぽきぽき……うわあ、ぐちゃぐちゃだ。まあ、いいよ、俺《おれ》は胃《い》が悪《わる》いんだから。だけど、竹輪《ちくわ》は本当《ほんとう》の竹輪《ちくわ》……じゃない、麩《ふ》だな。もうよそう、勘定《かんじょう》はいくらだい。」

「へい、十六文《じゅうろくもん》ちょうだいいたします。」

「うふっ、銭《ぜに》が細《こま》かいから、手《て》を出《だ》しておくれ。いいかい、ひい、ふう、みい、よう、いつ、むう、なな、やあ、何時《なんどき》だい。」

「四《よ》つです。」

「いつ、むう、なな、やあ……。」

と、余計《よけい》に払《はら》ってしまいました。

▼四《よ》つ
むかしの時刻《じこく》の呼《よ》び方《かた》。ここでは夜《よる》の十時《じゅうじ》ごろだが、午前十時《ごぜんじゅうじ》ごろのこともいう。

二八
そば

だ《だ》く《く》だ《だ》く《く》

「さあ先生《せんせい》、こっちに入《はい》っておくんなさい。」

「おやおや、何《なん》だいこの家《うち》は、壁《かべ》から天井《てんじょう》まで真《ま》っ白《しろ》に紙《かみ》を張《は》っちまって、どうしたんだ。」

「えへへへ、実《じつ》はこの間《あいだ》、大家《おおや》が家《うち》の中《なか》を見回《みまわ》して、『いくらお前《まえ》はひとり者《もの》でのんきだといっても、家《うち》の中《なか》に何一《なにひと》つ道具《どうぐ》がないじゃないか、少《すこ》しはどうにかしろ』といわれちゃった。しゃくだから、たんすや長火鉢《ながひばち》を買《か》ってきて並《なら》べてやろうと思《おも》ったが、よくよく考《かんが》えてみたらそれを買《か》うお金《かね》がないんでね。仕方《しかた》がないから紙《かみ》を買《か》ってきて、この通《とお》り全部張《ぜんぶは》っちゃった。そして先生《せんせい》は顔《かお》はまずいが絵《え》はうまいと聞《き》いたから、ここに所帯道具《しょたいどうぐ》をずぅっと描《か》いてもらいたいと思《おも》ってさ、それで先生《せんせい》を引《ひ》っ張《ぱ》ってきたんです。お願《ねが》いします。」

「何《なん》だい、その、顔《かお》はまずいが絵《え》はうまいというのは。では

▼大家《おおや》
長屋《ながや》の管理人《かんりにん》さん。店賃《たなちん》と呼《よ》ばれた家賃《やちん》を集《あつ》めるなどの仕事《しごと》をする。町奉行《まちぶぎょう》の下《した》で町役人《ちょうやくにん》としての仕事《しごと》もした。

▼長火鉢《ながひばち》
長方形《ちょうほうけい》の箱型《はこがた》の火鉢《ひばち》。下《した》の方《ほう》や横《よこ》には引《ひ》き出《だ》しもついている。

▼所帯道具《しょたいどうぐ》
暮《く》らしていくのに必要《ひつよう》な家具《かぐ》や台所道具《だいどころどうぐ》。

ここに道具《どうぐ》の絵《え》を描《か》くのか。」

「そう、ここにたんすを二棹《ふたさお》お願《ねが》いします。それから、こっちに長火鉢《ながひばち》、火《ひ》をカンカン起《お》こして。そうそう、鉄瓶《てつびん》をかけて、鉄瓶《てつびん》の口《くち》から湯気《ゆげ》がプーッと吹《ふ》いてるところをお願《ねが》いします。そんなにしみったれないで、もっとプーッと景気《けいき》よく、そうそう。それから、その柱《はしら》に時計《とけい》を描《か》いて下《くだ》さい、時間《じかん》なんか何時《なんじ》でもかまわない、もっと威勢《いせい》よく動《うご》いているように、チクタク音《おと》をさして……。」

「おいおい、音《おと》は描《か》けないよ。」

「そんな不器用《ぶきよう》なことをいわないで……、ああそれから長火鉢《ながひばち》の向《む》こうに茶《ちゃ》だんすを置《お》いて、上《うえ》の戸棚《とだな》が少《すこ》し開《あ》いていて、菓子盆《かしぼん》の中《なか》にお菓子《かし》が入《はい》っているところ……。こっちには金庫《きんこ》をお願《ねが》いします。その扉《とびら》も半分開《はんぶんあ》けて、中《なか》のお札《さつ》だの金貨《きんか》

▼二棹《ふたさお》
棹《さお》は、たんすの数《かず》を数《かぞ》えるときに使《つか》うことば。たんす二《ふた》つのこと。

▼鉄瓶《てつびん》
湯《ゆ》をわかす鉄製《てっせい》のやかん。

▼しみったれ
けち。けちくさい。

▼茶《ちゃ》だんす
お茶《ちゃ》の道具《どうぐ》や食器《しょっき》を入《い》れておく家具《かぐ》。

▼床《とこ》の間《ま》
座《ざ》敷《しき》の正面《しょうめん》の奥《おく》に一段《いちだん》高《たか》い空間《くうかん》を作《つく》り、掛軸《かけじく》や置物《おきもの》、花《はな》などをかざる場《ば》所《しょ》。

▼掛軸《かけじく》
床《とこ》の間《ま》や壁《かべ》にかけられるように作《つく》った書《しょ》や画《が》。

▼縁側《えんがわ》
家《いえ》の座《ざ》敷《しき》の外側《そとがわ》に作《つく》った板敷《いたじき》の部分《ぶぶん》。

▼緋鯉《ひごい》
体《からだ》の色《いろ》が赤《あか》など、一色《いっしょく》のコイ。いろいろな色《いろ》がまじっている錦鯉《にしきごい》に対《たい》していう。

▼鴨居《かもい》
障子《しょうじ》やふすまなどの上《うえ》側《がわ》をはめるところ。敷居《しきい》

がたくさん見《み》えるように。そっちには床《とこ》の間《ま》を願《ねが》います。そうそう、掛軸《かけじく》もちゃんと描《か》いて下《くだ》さいよ……。ええと、そこは縁側《えんがわ》にして庭《にわ》をお願《ねが》いします。大《おお》きな池《いけ》があって、中《なか》に緋《ひ》鯉《ごい》を二十匹《にじっぴき》ばかり……。それから、そこに松《まつ》と梅《うめ》の木《き》をお願《ねが》いします。そうそう、それで庭《にわ》の右側《みぎがわ》は雪《ゆき》が降《ふ》ってて左側《ひだりがわ》には螢《ほたる》が飛《と》んでるところ……。」

「何《なん》だい、夏《なつ》だか冬《ふゆ》だかわからないな。」

「何《なん》でもいいからお願《ねが》いします……。ええと、天井《てんじょう》と鴨居《かもい》の間《あいだ》がさびしいなあ。そうだ、そこに槍《やり》となぎなたを描《か》いて下《くだ》さい……。そこの所《ところ》に脱《ぬ》いだばかりの紋付《もんつ》きの着物《きもの》と羽織《はおり》に袴《はかま》……。ええと、それから今度《こんど》は台所《だいどころ》だ。」

「おいおい、もう日《ひ》が暮《く》れて暗《くら》いから描《か》けないよ。」

「それじゃぁ、その電気《でんき》をつけて……。」

に対《たい》していう。

▼槍《やり》
長《なが》い柄《え》の先《さき》に刀《かたな》のような刃《は》をつけた武器《ぶき》。

▼なぎなた
長《なが》い柄《え》の先《さき》にはばが広《ひろ》く、反《そ》った刃《は》をつけた武器《ぶき》。

▼紋付《もんつ》き
その家《いえ》のしるしとしている模様《もよう》のついたもの。

▼羽織《はおり》
和服《わふく》のときに着《き》る、丈《たけ》の短《みじか》い上着《うわぎ》。

▼袴《はかま》
和服《わふく》のときにつけて、腰《こし》から脚《あし》をゆったりおおうもの。ひもを腰《こし》にまわして結《むす》ぶ。

「この電気《でんき》は今《いま》わたしが描《か》いた絵《え》だ。」

「ああそうか、あんまりよく描《か》けてるから本物《ほんもの》と間違《まちが》えちゃった。」

「明日《あした》また来《き》て描《か》いてやるよ。」

「そうですか、それでは、また明日《あした》きっとお願《ねが》いしますよ……。えへへ、どうだい、すっかり道具《どうぐ》が並《なら》んだぞ。今度《こんど》、大家《おおや》が来《き》たらおどろくだろう。さあ、寝《ね》よう。」

その晩《ばん》、この家《うち》に近眼《きんがん》の泥棒《どろぼう》が入《はい》りました。

「おやおや、何《なん》だい、ここの家《うち》はずいぶん立派《りっぱ》な道具《どうぐ》が揃《そろ》っているな。こんな裏長屋《うらながや》だからどうせ大《たい》した仕事《しごと》も出来《でき》まいと思《おも》っていたが、これはありがたい。これはいいたんすだな、こんな立派《りっぱ》なたんすなら中《なか》にはさぞいい着物《きもの》が入《はい》ってるだろう。あれれっ、金庫《きんこ》の扉《とびら》が開《あ》いていてお金《かね》がたくさんあるの

が見《み》えるぞ。しめたっ、早速《さっそく》盗《ぬす》んでやれ、あれっ金庫《きんこ》の中《なか》に手《て》が入《はい》らないぞ？　変《へん》だな、あれっあれあれ、なんだい、この金庫《きんこ》は扉《とびら》が開《あ》いているのに平《たい》らだよ。たんすも長火鉢《ながひばち》も全部平《ぜんぶたい》らだ……。なぁんだ、全部絵《ぜんぶえ》が描《か》いてあるのか、どうも変《へん》だと思《おも》ったよ。鉄瓶《てつびん》があんなに煮立《にた》っているのにチンチン音《おと》もしてないし、庭《にわ》には雪《ゆき》が降《ふ》ってて螢《ほたる》が飛《と》んでるものなあ。螢《ほたる》の光《ひかり》、窓《まど》の雪《ゆき》って卒業式《そつぎょうしき》みたいな庭《にわ》だよ。でも何《なに》も盗《と》らないで帰《かえ》るのも残念《ざんねん》だから盗《と》ったつもりにしよう。このたんすを開《あ》けて一番大《いちばんおお》きな風呂敷《ふろしき》を出《だ》して、パッと広《ひろ》げたつもり、着物《きもの》もたくさん出《だ》して風呂敷《ふろしき》に入《い》れたつもり、金庫《きんこ》の中《なか》のお札《さつ》や金貨《きんか》も全部盗《ぜんぶと》ったつもり、こっちのたんすの中《なか》の物《もの》も全部出《ぜんぶだ》したつもり、風呂敷《ふろしき》に包《つつ》んだつもり、大《おお》きな風呂敷包《ふろしきづつ》みが出来《でき》たつもり、この包《つつ》みをしょったつもり、ウーンと重《おも》た

▼螢《ほたる》の光《ひかり》、窓《まど》の雪《ゆき》
「螢《ほたる》の光《ひかり》」の歌《うた》い出《だ》し。

もとはスコットランドの代表的《だいひょうてき》な民謡《みんよう》だが、一八八一年《ねん》に文部省編《もんぶしょうへん》の『小学唱歌集《しょうがくしょうかしゅう》』に取《と》り上《あ》げられ、学校《がっこう》の卒業《そつぎょう》式《しき》の別《わか》れの歌《うた》として歌《うた》われるようになった。

くて持《も》ち上《あ》がらないつもり、ようやく立《た》てたつもり。」

「何《なん》だい、さっきから見《み》てたら、あの泥棒《どろぼう》は絵《え》に描《か》いた家《うち》の財産《ざいさん》を盗《と》ったつもりになってらあ。よし、それじゃぁこっちも、一番上等《いちばんじょうとう》な布団《ふとん》をガバッとはねたつもり、この槍《やり》を手《て》に持《も》ったつもり、槍《やり》の鞘《さや》をはらって放《ほう》り出《だ》したつもり、キュッキュッと二《に》、三度《さんど》槍《やり》をしごいたつもり、泥棒《どろぼう》の後《あと》を追《お》っかけたつもり。」

「あれっ、向《む》こうは追《お》っかけたつもりになってらぁ。それじゃぁこっちも、バラバラッと逃《に》げたつもり。」

「待《ま》てえ、と追《お》いついたつもり、泥棒《どろぼう》の土手《どて》っ腹《ぱら》めがけて、えいっと突《つ》いたつもり。」

「うーん、とやられたつもり。」

「土手《どて》っ腹《ぱら》をぐりぐりっと、えぐったつもり。」

▼**鞘《さや》**
槍《やり》の刃《は》の部分《ぶぶん》を入《い》れる筒《つつ》。

▼**槍《やり》をしごく**
槍《やり》を片手《かたて》でにぎり、もう一方《いっぽう》の手《て》で強《つよ》く引《ひ》き抜《ぬ》く。

▼**土手《どて》っ腹《ぱら》**
腹《はら》をののしっていうことば。

「痛《いた》たたた、と痛《いた》がってるつもり。」

「槍《やり》を抜《ぬ》いたつもり。」

「だくだくっと血《ち》が出《で》たつもり。」

雑《ざっ》俳《ぱい》

「ご隠居《いんきょ》さんのように、そう毎日《まいにち》、何《なに》もしないでぶらぶらしていると退屈《たいくつ》でしょう。」

「いや、私《わたし》には俳諧《はいかい》という趣味《しゅみ》があるから退屈《たいくつ》はしないな。」

「うわぁ、きたねぇ。」

「何《なに》が。」

「だって、蝿《はえ》を買《か》って歩《ある》くんでしょ。」

「そうじゃないよ、三十一文字《みそひともじ》だな。」

「ははぁ、味噌一《みそひと》なめかい。」

「違《ちが》うよ、和歌俳諧《わかはいかい》だな。」

「馬鹿《ばか》ハイカラだね。」

「違《ちが》うよ、歌《うた》の道《みち》だ。」

「豚《ぶた》の道《みち》か。」

「どうして、そう、わからないんだよ。何何《なになに》や何《なに》が何《なに》して何《なん》

▼ご隠居《いんきょ》さん
もう仕事《しごと》をしないで、のんびり暮《く》らしている人《ひと》。

▼俳諧《はいかい》
日本独自《にほんどくじ》の文芸《ぶんげい》の形式《けいしき》。五《ご》（文字《もじ》）七《しち》（文字《もじ》）五《ご》（文字《もじ》）の三句《さんく》のあとに、別《べつ》の人《ひと》が七七《しちしち》と付《つ》け、さらに別《べつ》の人《ひと》がまた五七五《ごしちご》とよむというふうにつづけるなど、みんなで楽《たの》しんだ。現在《げんざい》の俳句《はいく》は、最初《さいしょ》の五七五《ごしちご》を独立《どくりつ》させたもの。話《はなし》の題《だい》の「雑俳《ざっぱい》」は、さまざまな俳諧《はいかい》という意味《いみ》で、江戸時代《えどじだい》の中《なか》ごろから使《つか》われたことば。

▼三十一文字《みそひともじ》
和歌《わか》のこと。和歌《わか》の一首《いっしゅ》が五《ご》（文字《もじ》）七《しち》（文字《もじ》）五《ご》（文字《もじ》）七《しち》（文字《もじ》）七《しち》

とやらと俳句《はいく》や歌《うた》を詠《よ》むんだよ。」

「ああ、あれかい。この間《あいだ》、髪結床《かみゆいどこ》の親方《おやかた》がやってたよ。『初雪《はつゆき》やとんび転《ころ》んで河童《かっぱ》の屁《へ》』ってね。」

「そんな変《へん》なのがあるかい。初雪《はつゆき》でやるなら『初雪《はつゆき》や瓦《かわら》の鬼《おに》も薄化粧《うすげしょう》』とな。初雪《はつゆき》が鬼瓦《おにがわら》に積《つ》もって、まるで薄化粧《うすげしょう》をしたようだというわけだな。見《み》たままを詠《よ》んだ句《く》だが、どうだい、きれいだろう。」

「なるほど、見《み》たままでやればいいんだね。それじゃぁ『初《はつ》雪《ゆき》や』。」

「うん、『初雪《はつゆき》や』。」

「『方々《ほうぼう》の屋根《やね》が白《しろ》くなる』。」

「おいおい、それじゃぁ見《み》たまますぎるよ。こういう風《ふう》にやるんだよ。『初雪《はつゆき》や二《に》の字《じ》二《に》の字《じ》の下駄《げた》の跡《あと》』。雪《ゆき》の上《うえ》を下駄《げた》

（文字《もじ》）で三十一文字《さんじゅういちもじ》になることから、こういう。

▼ハイカラ
西洋風《せいようふう》で目新《めあたら》しく、おしゃれなこと。

▼髪結床《かみゆいどこ》
江戸時代《えどじだい》の床屋《とこや》さん。

▼とんび
タカ科《か》の鳥《とり》。全長六十《ぜんちょうろくじっ》センチメートルで、暗《くら》い褐色《かっしょく》。ピーヒョロロと鳴《な》きながら、輪《わ》を描《えが》いて飛《と》ぶ。

▼鬼瓦《おにがわら》
屋根《やね》の一番高《いちばんたか》いところに取《と》り付《つ》ける、かざりのある瓦《かわら》。

で歩《ある》くと二《に》の字《じ》の跡《あと》がつく。そこを詠《よ》んだんだな。」

「へえ、それじゃぁ『初雪《はつゆき》や一《いち》の字《じ》一《いち》の字《じ》の一本歯《いっぽんば》の下駄《げた》の跡《あと》』。」

「何《なん》だい、そりゃぁ。」

「初雪《はつゆき》の日《ひ》に天狗様《てんぐさま》が歩《ある》いたんだ。」

「そんなのはいけないよ。」

「それじゃぁ『初雪《はつゆき》や』。」

「うん、『初雪《はつゆき》や』。」

「『わらじの足跡大人国《あしあとたいじんこく》の小判《こばん》かな』。」

「それも駄目《だめ》だねぇ。」

「いけないかい。それじゃぁ『初雪《はつゆき》や大坊主《おおぼうず》小坊主《こぼうず》重《かさ》なって転《ころ》んで頭《あたま》の足跡《あしあと》おそなえかな』。」

「何《なん》だい、そりゃぁ。」

▼小判《こばん》
江戸時代《えどじだい》の金貨《きんか》の一《ひと》つ。楕円形《だえんけい》。

▼おそなえ
正月《しょうがつ》に神様仏様《かみさまほとけさま》にそなえるもち。

「あのね、初雪《はつゆき》の日《ひ》に大坊主《おおぼうず》が小坊主《こぼうず》をおんぶして歩《ある》いていたんだね。ところが何《なに》かにつまずいて重《かさ》なって転《ころ》んだから、雪《ゆき》の上《うえ》に二人《ふたり》の頭《あたま》の跡《あと》がついちゃった。それがおそなえの形《かたち》に似《に》てた。だから『頭《あたま》の足跡《あしあと》おそなえかな』。」

「そんな変《へん》なのはいけないよ。第一《だいいち》『頭《あたま》の足跡《あしあと》』なんてぇのがあるかい。」

「いけないかねぇ。」

「駄目《だめ》だね。『初雪《はつゆき》や狭《せま》き庭《にわ》にも風情《ふぜい》あり』とこうやるんだ。」

「今度《こんど》は庭《にわ》か。それなら出来《でき》た。『初雪《はつゆき》や俺《おれ》の家《うち》には庭《にわ》がない』。」

「おいおい、ぐちをこぼしちゃいけないよ。この庭《にわ》を自分《じぶん》の家《うち》のだと思《おも》ってやりな。」

「それじゃぁ『初雪《はつゆき》や人《ひと》の庭《にわ》じゃぁつまらない』。」

▼風情《ふぜい》
心《こころ》に感《かん》じる味《あじ》わい。

▼ぐちをこぼす
言《い》っても仕様《しよう》がないことを言《い》ってなげくこと。

「なお、よくないよ。『初雪《はつゆき》やせめて雀《すずめ》の三里《さんり》まで』というのがあるがね。三里《さんり》というのは膝《ひざ》っ小僧《こぞう》のちょっと下《した》の所《ところ》だよ。初雪《はつゆき》の降《ふ》り出《だ》したのを見《み》て、折角《せっかく》降《ふ》り出《だ》したんだから、すぐに止《や》まないで、せめて雀《すずめ》の三里位《さんりぐらい》まで降《ふ》ってもらいたい、という句《く》だな。」

「へえぇ、それじゃぁ『初雪《はつゆき》やせめてらくだの股《もも》ったぼ』。」

「おいおい、ずいぶん降るんだねぇ。」

「そう、キリマンジャロの初雪《はつゆき》だ。」

「どうも、お前《まえ》さんのは変《へん》だね。」

「今度《こんど》はいいのが出来《でき》た。」

「ほほう、何《なん》というんだ。」

「『初雪《はつゆき》やこれが塩《しお》なら金《かね》もうけ』。」

「うん、金《かね》もうけというと句《く》がいやしくなるが、まあ、お前《まえ》

▼三里《さんり》
鍼《はり》や灸《きゅう》による治療《ちりょう》でいう、つぼの一《ひと》つ。

▼股《もも》ったぼ
股《もも》の肉付《にくづ》きのよいところ。太股《ふともも》。

▼キリマンジャロ
アフリカ大陸《たいりく》で一番高《いちばんたか》い山《やま》。

さんなら上出来《じょうでき》だな。」

「へぇえ、こんなのでいいのかい。それならわけはないや。『初雪《はつゆき》やこれが砂糖《さとう》なら金《かね》もうけ』。」

「まああ、そういったぐあいだな。」

「へっへっへ。『初雪《はつゆき》やこれがうどん粉《こ》なら金《かね》もうけ』。」

「そうそう。」

「こんなのでいいなら簡単《かんたん》だい。『初雪《はつゆき》やこれがハミガキ粉《こ》なら金《かね》もうけ』『初雪《はつゆき》やこれがセメントなら金《かね》もうけ』。」

「おいおい、そう『金《かね》もうけ』ばかりいっていないで、少《すこ》しは欲《よく》から離《はな》れなさい。」

「今度《こんど》は欲《よく》から離《はな》れるのかい。それじゃぁ『初雪《はつゆき》や』。」

「うん、『初雪《はつゆき》や』。」

「『金《かね》が落《お》ちても拾《ひろ》わない』。」

▼うどん粉《こ》
小麦粉《こむぎこ》のこと。

粗《そ》忽《こつ》長《なが》屋《や》

「あれっ、ずいぶん人《ひと》だかりがしているな。なんだろう、ちょっと聞《き》いてみよう……。あの、もし、この人《ひと》だかりの中《なか》はなんです。」

「行《い》き倒《だお》れですよ。」

「へええ、いきだおれってものをやってるんですか？　どんなものだか見《み》たいな。前《まえ》の方《ほう》へ出《で》てみよう。」

「おいおい、そんなに押《お》しちゃいけないよ。」

「ちぇっ、けちけちするない。こうなったら皆《みんな》の股《また》ぐらくぐってでも前《まえ》に出《で》てやるぞ。それっそれっ……へっへっへ、前《まえ》に出《で》ちゃった。ええ今日《こんち》はぁ。」

「なんだいこの人《ひと》は、変《へん》なところから出《で》てきたね……、さあさあ、いつまで見《み》てたって同《おな》じ事《こと》なんだから、順々《じゅんじゅん》に変《か》わった人《ひと》に見《み》てもらいたいんだ……お前《まえ》さん、まだ見《み》てないんだ

▼**粗忽《そこつ》**（73ページ）
軽《かる》はずみで不注意《ふちゅうい》なこと。そそっかしいこと。

▼**人《ひと》だかり**
たくさんの人《ひと》が集《あつ》まっていること。

▼**行《い》き倒《だお》れ**
病気《びょうき》や飢《う》え、寒《さむ》さなどで、道《みち》で倒《たお》れること。あるいは、倒《たお》れて死《し》ぬこと。

▼**股《また》ぐら**
両股《りょうもも》の間《あいだ》。

ろうから早《はや》く見《み》ておくれ。」

「うへぇ、ありがてぇ。」

「別《べつ》にありがたい事《こと》はないよ、行《い》き倒《だお》れなんだから。よく見《み》て、もし知《し》っている人《ひと》なら、そういっておくれ。」

「ははあ、この行《い》き倒《だお》れはよく寝《ね》てらぁ。」

「寝《ね》てるんじゃない、死《し》んでるんだよ。」

「ええっこの人《ひと》は死《し》んでるの？　それじゃぁいきだおれじゃなく、しにだおれだ。」

「変《へん》なことをいってちゃいけないよ。どうだい、お前《まえ》さんの知《し》ってる人《ひと》じゃないかい。」

「あっ、これは熊《くま》の野郎《やろう》だ！」

「おおっ、やっと引《ひ》き取《と》り手《て》が出《で》てきたな、それじゃお前《まえ》さんの知《し》ってる人《ひと》だね。」

「知《し》ってるどころか、仲《なか》のいい友達《ともだち》だよ。今朝《けさ》会《あ》った時《とき》はあんなに元気《げんき》だったのに、かわいそうな事《こと》をしたなぁ。（と涙《なみだ》声《ごえ》になる）」

「なんだい、お前《まえ》さんこの人《ひと》と今朝《けさ》会《あ》ってるのかい？　それじゃこの人《ひと》じゃないよ、この人《ひと》は夕《ゆう》べからここに倒《たお》れているんだから。」

「そうでしょう、なにしろこいつはそそっかしい奴《やつ》だから、夕《ゆう》べからここに倒《たお》れているのも忘《わす》れて今朝《けさ》私《あっし》と会《あ》っちゃったんですよ。」

「おいおい、変《へん》なことをいってちゃ困《こま》るな。」

「それじゃ、とにかく当人《とうにん》を連《つ》れてきましょう。」

「当人《とうにん》て誰《だれ》だい。」

「だから、この行《い》き倒《だお》れの当人《とうにん》をさ、それでよく見《み》くらべて、

たしかにこの男《おとこ》に間違《まちが》いないとわかったら、そっちも安心《あんしん》するでしょう。」

「おい、お前《まえ》さんしっかりしな……。」

「しっかりもうっかりもないよ。じゃぁ、すぐに当人《とうにん》を連《つ》れてきますっ……。」

「おい、熊公《くまこう》、大変《たいへん》な事《こと》になっちゃったぞっ。」

「大変《たいへん》な事《こと》って……どんな大変《たいへん》だ。」

「ちぇっ、落《お》ち着《つ》いてらぁ。お前《まえ》は本当《ほんとう》はそこで落《お》ち着《つ》いていられる身《み》じゃないんだぞ。」

「へぇえ、落《お》ち着《つ》いてちゃいけないかい。」

「当《あ》たり前《まえ》だい。お前《まえ》はなあ、この先《さき》の観音様《かんのんさま》の前《まえ》で死《し》んでるよ。」

「おいよせよ。だって俺《おれ》は死《し》んだような心持《こころも》ちがしないよ。」

▼観音様《かんのんさま》
ここでは、浅草《あさくさ》の浅草寺《せんそうじ》のこと。

▼心持《こころも》ち
気持《きも》ち。

「何《なに》をいってるんだ、はじめて死《し》ぬのに心持《こころも》ちなんかわかるもんか。なにしろ今俺《いまおれ》がたしかにお前《まえ》の死骸《しがい》を見《み》てきたんだから間違《まちが》いないよ。」

「そうかなぁ。そういわれてみると、どうも昨夜《ゆうべ》観音様《かんのんさま》の前《まえ》を通《とお》った時《とき》にいやな心持《こころも》ちだったが……。」

「そぉれごらん、そこでお前《まえ》は行《い》き倒《だお》れになって死《し》んじゃったんだよ。そして、その後《あと》、死《し》んだのも忘《わす》れて家《うち》へ帰《かえ》ってきちゃったんだろう。」

「そうかなぁ。」

「そうだよ、それに違《ちが》いないよ。さ、死骸《しがい》を引《ひ》き取《と》りに行《い》こう。」

「誰《だれ》の。」

「お前《まえ》のだよ。」

「だって、今《いま》さらこれが私《わたし》の死骸《しがい》ですなんて、きまりが悪《わる》くて……。」

「何《なに》をいってるんだ、自分《じぶん》の死骸《しがい》を自分《じぶん》が引《ひ》き取《と》るのに何《なに》がきまりが悪《わる》いんだい、さ、行《い》こう。早《はや》くしないと他《ほか》の奴《やつ》に持《も》って行《い》かれちまうぞ……。どうも、先《さき》ほどは。」

「あれっ、また来《き》たよ。どうだい本人《ほんにん》にいったら、そうじゃなかったろう。」

「いいえ、当人《とうにん》にいいましたらね、そそっかしいくらいの奴《やつ》ですから、どうも死《し》んだ様《よう》な気《き》がしないなんていってるんですよ。それから、お前《まえ》はたしかに行《い》き倒《だお》れになってるって、よくいい聞《き》かせて、やっと連《つ》れてきました……。さ、あの人《ひと》に世話《せわ》になったんだから、お礼《れい》を申《もう》し上《あ》げろ。」

「どうも、昨夜《ゆうべ》私《あっし》はここで死《し》んじゃったんだそうで、いろい

ろお世《せ》話《わ》様《さま》でした。」

「なんだい変《へん》な人《ひと》が一人《ひとり》増《ふ》えちゃったな。お前《まえ》さんよく見《み》てごらん、お前《まえ》さんじゃないんだから。」

「いえ、もうなまじ死《し》に目《め》に会《あ》わない方《ほう》が……。」

「さあ熊《くま》公《こう》、これはお前《まえ》の死《し》骸《がい》なんだから頭《あたま》の方《ほう》を抱《だ》きな、俺《おれ》は足《あし》の方《ほう》を抱《だ》くから。」

「うん……だけど兄《あに》貴《き》、なんだかわからなくなっちゃった。」

「何《なに》が。」

「だって、抱《だ》かれてるのはたしかに俺《おれ》だが、抱《だ》いている俺《おれ》は一《いっ》体《たい》どこの誰《だれ》だろう。」

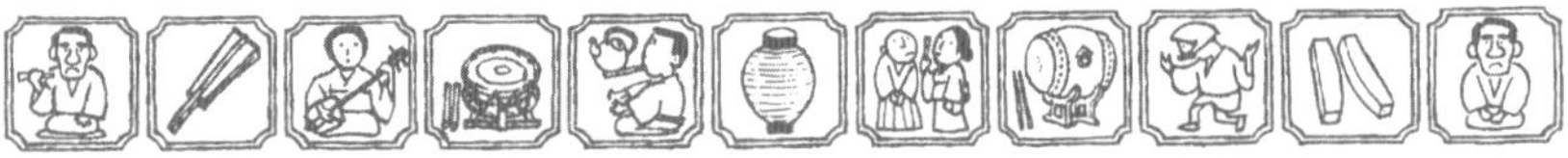

化物使い
_{ばけものづかい}

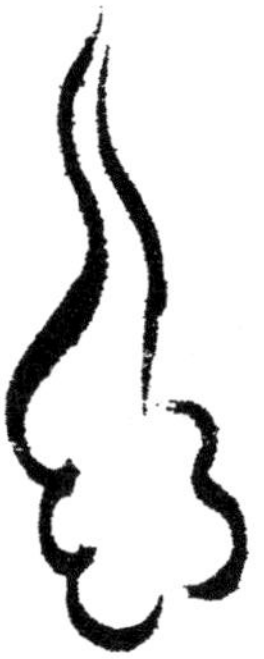

とても人使《ひとづか》いの荒《あら》いご隠居《いんきょ》さんがおりました。しかし、この奉公人《ほうこうにん》の杢助《もくすけ》さんは働《はたら》き者《もの》で、ご隠居《いんきょ》さんのいいつける用事《ようじ》を、嫌《いや》な顔《かお》を一《ひと》つしないで何《なん》でも、はいはいと体《からだ》を動《うご》かします。このご隠居《いんきょ》さんが引《ひ》っ越《こ》しをした時《とき》のことです。

「おいおい杢助《もくすけ》。部屋《へや》の片《かた》づけは終《お》わったかい……それじゃあ、この廊下《ろうか》が汚《よご》れちまったから、もう一《いっ》ぺん雑巾《ぞうきん》でふいておくれ。それから私《わたし》は疲《つか》れたから横《よこ》になるよ。布団《ふとん》を敷《し》きな。ああ、その前《まえ》に、お腹《なか》が空《す》いちまったから、茶漬《ちゃづ》けでも食《た》べるよ。仕度《したく》をしな。ええと、それが終《お》わったら三河屋《みかわや》さんにとどけ物《もの》を持《も》って行《い》っておくれ……。」

「はいはい、わかっただよ。それは全部《ぜんぶ》やるだがね、俺《おら》ぁ、ちょっくら旦那様《だんなさま》に、お願《ねが》えがあるだ。」

「なんだい、その、お願《ねが》いというのは。」

▼奉公人《ほうこうにん》
他人《たにん》の家《いえ》に住《す》み込《こ》んで働《はたら》く人《ひと》。

「今《いま》、いいつかった仕事《しごと》を終《お》えたら、暇《ひま》ぁもれえてえだよ。」

「暇《ひま》をくれ？……どうしてだ。私《わたし》が人使《ひとづか》いが荒《あら》いからか。」

「そうではねえよ。お前《めえ》さまの人使《ひとづか》いの荒《あら》いのは、今始《いまはじ》まったことではねえ。それがこうして三年《さんねん》も奉公《ほうこう》してるでねえか。」

「それなら、どうして、そんなことをいうんだ。」

「お前《めえ》さま知《し》らねえのか、この家《うち》は評判《ひょうばん》の化物屋敷《ばけものやしき》だというでねえか。」

「うん、そうらしいな。」

「そうらしいなって、お前《めえ》さま、怖《こわ》くねえのか。俺《おら》ぁ怖《こわ》くってなんねえ。だから、暇《ひま》くれといっとるだ。」

「なんだ、だらしない奴《やつ》だな。お前《まえ》がそんなに怖《こわ》いというなら、そりゃあ、暇《ひま》をやらないこともないが、しかし、お前《まえ》が

▼暇《ひま》ぁもれえてえ
暇《ひま》をもらいたい。暇《ひま》をもらうというのは、奉公人《ほうこうにん》が自分《じぶん》から言《い》い出《だ》して仕《し》事《ごと》をやめること。

出《で》ていった後《あと》、私《わたし》は一人《ひとり》で不自由《ふじゆう》だよ。」

「それなら心配《しんぺえ》ねえ。俺《おら》ぁ、後《あと》の奉公人《ほうこうにん》を口入《くちい》れ屋《や》に頼《たの》んだだよ。」

「ふうん、手回《てまわ》しがいいんだな。」

「だが、なにしろ、人使《ひとづけ》ぇの荒《あら》いお前《めえ》さまのことだから、なかなかすぐには奉公人《ほうこうにん》が来《く》る気《き》づけぇはねえ。だから、それまでは、少《すこ》しぐれぇ不自由《ふじゆう》でも、我慢《がまん》しなせえ。それに、たとえ人《ひと》が来《き》ても、俺《おら》みてえに三年《さんねん》も奉公出来《ほうこうでき》るのは、なかなかいねえぞ。まあ、三日《みっか》ももつめぇ。それでは、俺《おら》ぁ、やるだけのことはやっちまうだ。」

とすっかり仕事《しごと》を終《お》えると、この家《うち》を出《で》て行《い》ってしまいました。

「なんだい、どうも。杢助《もくすけ》の奴《やつ》はとうとう出《で》て行《い》っちまった

▼口入《くちい》れ屋《や》
奉公人《ほうこうにん》を紹介《しょうかい》する人《ひと》、店《みせ》。

▼手回《てまわ》し
前《まえ》もっての準備《じゅんび》。

よ。しかし、考《かんが》えてみると、なるほど杢助《もくすけ》のいう通《とお》りかも知《し》れないな。なにしろ、あいつが来《く》る前《まえ》に奉公《ほうこう》に来《き》た奴《やつ》は、三日《みっか》とつとまった者《もの》がなかったものなあ。まあいい、寝《ね》るにはまだ時間《じかん》が早《はや》いから、本《ほん》でも読《よ》むとするか。」

　行燈《あんどん》をひき寄《よ》せて、読書《どくしょ》にふけっていると、

「おおっ、いやにぞくぞくするな。風邪《かぜ》でもひいたかな……おやっ（部屋《へや》の隅《すみ》をじいっと見《み》て）誰《だれ》かいるな……誰《だれ》だい、そこに座《すわ》っているのは。そんなにうつむいていないで、顔《かお》をあげてみろ。顔《かお》をちゃんとあげなっ……あっ、一《ひと》つ目小僧《めこぞう》だっ。長《なが》い舌《した》をペロッと出《だ》して、おじぎをしたな。お前《まえ》は行《ぎょう》儀《ぎ》がいいな、感心感心《かんしんかんしん》。一人《ひとり》で、話《はな》し相手《あいて》がいなかったから丁度《ちょうど》いい。どうだい、かき餅《もち》でも焼《や》こうかな。ええと、火《ひ》種《だね》はまだ少《すこ》しあるようだな。これに炭《すみ》をつごう。そこに炭《すみ》と

▼**行燈**《あんどん》
木《き》や竹《たけ》のわくに紙《かみ》をはり、なかには油《あぶら》の入《はい》った皿《さら》を置《お》いて、火《ひ》をともす明《あ》かり。

▼**かき餅**《もち》
餅《もち》をうすく切《き》ったもの。焼《や》いたり揚《あ》げたりして食《た》べる。おかき。

▼**火種**《ひだね》
火《ひ》をおこすもとの火《ひ》。

りがあるから持《も》ってきな。なんだい、炭《すみ》とりの中《なか》に炭《すみ》がない？　炭《すみ》がないと思《おも》ったら持《も》ってくればいいだろう、不精《ぶしょう》をするんじゃないよ。物置《ものおき》にあるからな。俵《たわら》からひっぱり出《だ》してくるんだ。それから、少《すこ》し余計《よけい》に出《だ》してきて台所《だいどころ》に置《お》いておきな……なに、出《だ》してきた。それじゃあ、それを程《ほど》よく欠《か》いてな……どうやって欠《か》くんです？　おい、しっかりしなよ。炭《すみ》の欠《か》き方《かた》ぐらい知《し》らないでどうするんだ。炭《すみ》と炭《すみ》をぶつければ、欠《か》けるじゃないか。お前《まえ》は自分《じぶん》の家《うち》で何《なに》をしていたんだ？　よっぽど親《おや》のしつけが悪《わる》いんだな……おいおい、その真《ま》っ黒《くろ》な手《て》をどうするんだよ……なになめちまう？　きたない小僧《こぞう》だな。そんなことをするんじゃないよ。ちゃんと手《て》を洗《あら》いな……さ、早《はや》くこっちに来《き》て炭《すみ》をつぎな。そうだそうだ、炭《すみ》のつぎ方《かた》はちゃんと知《し》ってるんだな。それから、鉄瓶《てつびん》が空《から》

▼不精《ぶしょう》をする
めんどうくさがる。

▼俵《たわら》
わらやカヤで編《あ》んだ袋《ふくろ》。米《こめ》などの穀物《こくもつ》や、炭《すみ》を入《い》れる。

▼欠《か》く
割《わ》る。

になっているから、水《みず》を入《い》れてきな……おい、かき餅《もち》を焼《や》く仕度《したく》は、まだ出来《でき》ないのかい。何《なに》をしているんだ。鼠《ねずみ》いらずのところに餅網《もちあみ》があるだろう？　それから、お皿《さら》と箸《はし》を持《も》ってくるんだ、醤油《しょうゆ》もな、よしよし。あんまり焦《こ》がすんじゃないぞ、といって全然《ぜんぜん》焦《こ》げ目《め》がなくってもいけないから、程《ほど》よく焼《や》きな……焼《や》けたかい？　それじゃあ、お前《まえ》も食《た》べな……おいおい、そんなにガツガツ食《た》べるんじゃない。しかし、バリバリ音《おと》をさせて、お前《まえ》は歯《は》が丈夫《じょうぶ》なんだな……なんだい、この餅網《もちあみ》だってかじれます。そんなものをかじってこわされてたまるかい……さて、そろそろ寝《ね》るとするか。その前《まえ》に部《へ》屋《や》の掃除《そうじ》をしておくれ。はたきとほうきをもってきな、はたきを先《さき》にかけるんだよ。それから、部屋《へや》を掃《は》くのに、丸《まる》く掃《は》くんじゃないよ、ちゃんと部屋《へや》なりに四角《しかく》に掃《は》かなくちゃい

▼鼠《ねずみ》いらず
ネズミが入《はい》らないように作《つく》ったがんじょうな戸棚《とだな》。食《た》べ物《もの》や食器《しょっき》をしまう。

けない。おい、座布団《ざぶとん》の上《うえ》にずかずか上《あ》がるんじゃない。それを片《かた》づけて掃《は》くんだ……ちゃんと掃《は》き出《だ》したかい、よしよし。おいおい、庭《にわ》にそのほうきを持《も》って下《お》りるんじゃないよ。なんだ、ついでに庭《にわ》を掃《は》きましょう……それは座敷《ざしき》ぼうきだ。それで庭《にわ》を掃《は》かれてたまるかい。それから、板《いた》の間《ま》の雑巾《ぞうきん》がけをしな。ぐずぐずするんじゃないよ、といって、あわてるんじゃない……それっ、いわないことじゃない、足《あし》をすべらせてひっくりかえっちまった……ええ、コブが出来《でき》ました。お前《まえ》は一《ひと》つ目《め》なんだから、普通《ふつう》の人《ひと》よりあわてず落《お》ち着《つ》いて仕事《しごと》をしなくちゃいけないんだ。それをただ早《はや》く仕事《しごと》をすませようとするから、そういう目《め》にあうんだ……さあ、それがすんだら布団《ふとん》を敷《し》いておくれ。敷《し》き布団《ぶとん》は二枚《にまい》あるから重《かさ》ねて敷《し》くんだ。まっすぐに敷《し》くんだぞ。掛《か》け布団《ぶとん》もちゃんと掛《か》けな。それから、私《わたし》は寝《ね》まきに着《き》かえるから手伝《てつだ》いな。この着物《きもの》は、そっちの衣紋掛《えもんか》けに掛《か》けときな。おいおい、いつまで私《わたし》を裸《はだか》にしておくんだ、風邪《かぜ》をひいちまうよ。早《はや》く寝《ね》まきをかけておくれ。それから、寝《ね》る前《まえ》に少《すこ》し肩《かた》をたたいておくれ……うん、なかなかうまいぞ、いい気持《きも》ちだ……そうだ、もうそのくらいでいいよ。私《わたし》は寝《ね》るから、お前《まえ》も寝《ね》ちまいな。おい……おや、いなくなっちまったね。なんだ、消《き》えちまったのか。しかし、これは便利《べんり》だね、化物《ばけもの》も使《つか》いようで役《やく》に立《た》つな。」

のんきな人《ひと》があるもので、その晩《ばん》はぐっすり寝《ね》てしまいます。さて、あくる晩《ばん》になると、

「何《なに》をしているんだろう。もうそろそろ出《で》てきてもいい刻限《こくげん》なんだが……なんだか、ぞくぞくっとしてきたな。ははあ、

▼**衣紋掛《えもんか》け**
着物《きもの》をかけておく道具《どうぐ》。

▼**刻限《こくげん》**
決《き》まった時刻《じこく》。

これがきっと出《で》てくる合図《あいず》なんだな……（家《うち》がグラグラゆれる）お、おいっ、地震《じしん》かなっ……（目《め》を高《たか》くあげて）おおっ、大入道《おおにゅうどう》だ。今日《きょう》はお前《まえ》の番《ばん》か。いいんだよ、お前《まえ》だって。しかしお前《まえ》が出《で》てくる時《とき》は、ずいぶん揺《ゆ》れるね。もっと静《しず》かに出《で》てこられないのかい……まあそれはいいとして、仕事《しごと》がたまっているよ。まずこのお膳《ぜん》を片《かた》づけな。台所《だいどころ》に持《も》って行《い》って、きれいに洗《あら》うんだ……なんだい、何《なん》だよ、口《くち》の中《なか》でぐずぐずいってないで、はっきり物《もの》をいいな……うん、用《よう》をするのはいやだ。おいっ、そんなことをいうとひどい目《め》にあわすよっ。お前《まえ》は何《なん》のために出《で》てくるんだ……うふっ、大《おお》きなくせに震《ふる》えてるな、意気地《いくじ》のない奴《やつ》だ。そんな怠《なま》けぐせがつくと、ろくな者《もの》になれないぞ。お前《まえ》だって立派《りっぱ》な三《み》ツ目《め》入道《にゅうどう》になるには、このぐらいのことはやれなくちゃいけな

▼大入道《おおにゅうどう》
体《からだ》の大《おお》きな坊主頭《ぼうずあたま》の化《ば》け物《もの》。

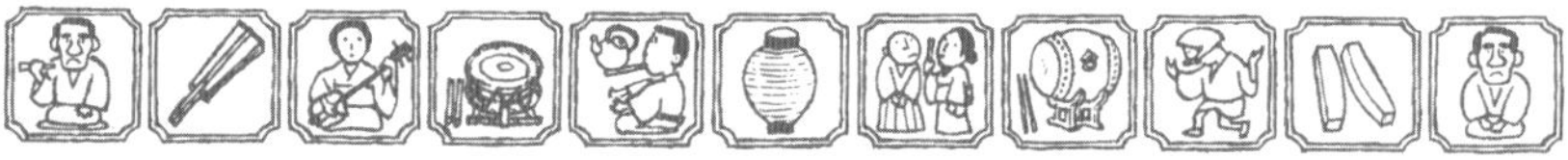

いんだ。人間《にんげん》でも化物《ばけもの》でも一人前《いちにんまえ》になるには、何事《なにごと》も辛抱《しんぼう》が大切《たいせつ》なんだ。悪《わる》いと気《き》がついたら、さっさと仕事《しごと》をしな。それを台所《だいどころ》に持《も》って行《い》ったら、茶碗《ちゃわん》や皿《さら》をそうっと洗《あら》いな。お前《まえ》にちょっとでも力《ちから》をいれられたら、みんなこわれちまうからな……そうだそうだ、なかなかうまいじゃないか。後《あと》は布《ふ》巾《きん》できれいにふいておくんだぞ……ええと、それから部屋《へや》の掃除《そうじ》を頼《たの》もうかな。あのな、ほうきとはたきを持《も》ってきな……なにい、そんなものはいりません。表《おもて》と裏《うら》を開《あ》けて、私《わたし》がフーッと一息《ひといき》にほこりを吹《ふ》き出《だ》しちまう、なるほど、便利《べんり》だね。それじゃあやっとくれ……おおっと、待《ま》っておくれ、待《ま》ちなよ。確《たし》かにほこりは吹《ふ》き出《だ》せたがね、火鉢《ひばち》だの座布団《ざぶとん》だのまで、飛《と》んで行《い》っちまったよ。あれを元通《もとどお》りにしておきな……お前《まえ》はやっぱり細《こま》かい仕事《しごと》より、大《おお》きな仕事《しごと》の方《ほう》がむ

▼火鉢《ひばち》
灰《はい》を入《い》れ、中《なか》に炭火《すみび》を埋《う》めて、あたたまる暖房具《だんぼうぐ》。

いているようだな。それじゃあ、屋根《やね》の草《くさ》むしりをやってもらおうか……ほほう家《うち》をまたいで仕事《しごと》をしてるよ。大《おお》きいのは大《おお》きいので、なかなか使《つか》いようがあるね……おいおい、草《くさ》むしりが終《お》わったら、庭《にわ》の石燈籠《いしどうろう》がひっくり返《かえ》っているから、ちゃんと直《なお》しておきなよ……それから、そこの松《まつ》だがね、どうもそこよりも、こっちの池《いけ》のそばの方《ほう》が、位置《いち》がいいようだ。ちょいと動《うご》かしておくれ……そうだそうだ。まるで草《くさ》むしりと同《おな》じように、松《まつ》をひっこ抜《ぬ》いたね。また植《う》え直《なお》すのもなかなか堂《どう》に入《い》ってるよ。お前《まえ》は植木屋《うえきや》になったらいい腕《うで》になれるかも知《し》れないぞ……庭《にわ》はそのくらいでいいから、手足《てあし》を洗《あら》って、こっちに上《あ》がってきな……さあ、布団《ふとん》を敷《し》いておくれ。ほほう、お前《まえ》がそうやって布団《ふとん》を敷《し》くところは、まるで女《おんな》の子《こ》がままごとをやっているようで、やさしい手《て》つきを

▼石燈籠《いしどうろう》
石《いし》でできた燈籠《とうろう》。燈籠《とうろう》は火《ひ》をともす道具《どうぐ》だが、石《いし》燈籠《どうろう》は、庭《にわ》のかざりとして用《もち》いられた。

▼堂《どう》に入《い》る
身《み》についていて、じょうず。

するなあ。大《おお》きな割《わり》にはていねいでいいよ。それじゃあ、私《わたし》は寝《ね》まきに着《き》がえたから、肩《かた》をたたいておくれ。そうっとたたいておくれよ……なんだい、いよいよたたくから覚悟《かくご》をして下《くだ》さい。よしなよ、肩《かた》をたたいてもらうのにいちいち覚悟《かくご》をしなければ……おいっ、ああ驚《おどろ》いた。お前《まえ》は私《わたし》を突《つ》きとばしたね……なにい、そんなことはしません、小指《こゆび》で弾《はじ》いただけです……あれがかい、本当《ほんとう》かい……それじゃあ肩《かた》はよそう。明日《あした》は家《うち》の中《なか》の仕事《しごと》をしてもらうから小僧《こぞう》の方《ほう》に来《く》るようにいっておくれ。お前《まえ》はお前《まえ》でまた大《おお》きな仕事《しごと》の時《とき》に呼《よ》ぶからな……おい、あれっ消《き》えちまった。しかし、こうして毎日化《まいにちばけ》物《もの》が出《で》てくれるなら奉公人《ほうこうにん》はいらないな。」

と、その晩《ばん》も寝《ね》てしまいました。そのあくる晩《ばん》も、

「おやっ、その障子《しょうじ》の外《そと》に誰《だれ》かいるようだな……そんな所《ところ》に

いないで、こっちに入《はい》んな……なんだい、今日《きょう》は化物《ばけもの》ではなくって、大《おお》きな狸《たぬき》だな……お前《まえ》かい、いろいろなものに化《ば》けて出《で》てきたのは。まあいいや、もっとこっちに来《き》な……なんだい、ぼんやりして、涙《なみだ》ぐんでいるな。どうかしたか。」

「あのう、旦那《だんな》にお願《ねが》いがございます。」

「なんだい、そのお願《ねが》いというのは。」

「お暇《ひま》をいただきたいと思《おも》いまして……。」

「暇《ひま》をくれ？」

「へえ、旦那《だんな》のように、化物使《ばけものづか》いの荒《あら》い人《ひと》はございません。」

初天神
（はつてんじん）

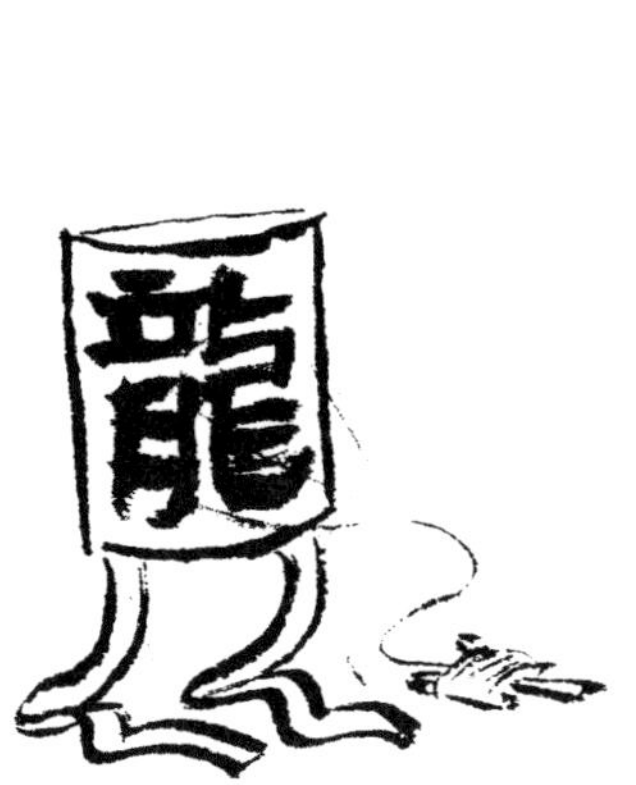

「お父《とっ》たんとこうして二人《ふたり》で初天神《はってんじん》にお参《まい》りに行《い》くのは久《ひさ》しぶりだね。お父《とっ》たん、うれしいでしょ。」

「うれしくなんかないよ。ついてきちゃいけないというのに、お前《まえ》は無理《むり》やりついてきたんじゃないか。」

「でもさ、今日《きょう》は『あれを買《か》ってくれ、これを買《か》ってくれ』っていわないでしょ。」

「うん、えらいえらい。そうしておとなしくしていれば、どこにでも連《つ》れていってやるんだ。」

「うふふ、そういう時《とき》には、お父《とっ》たんの方《ほう》で気《き》をきかせて『何《なに》か買《か》ってやろうか』というもんだよ。」

「ほめてやると、すぐにこれだ。それが、お前《まえ》は子《こ》どもらしくないというんだ。そんな遠回《とおまわ》しにいわないで、何《なに》か欲《ほ》しいものがあるなら、はっきりいってみろ。」

▼初天神《はってんじん》
天満宮《てんまんぐう》（天神様《てんじんさま》）の新年《しんねん》最初《さいしょ》の縁日《えんにち》。

「はっきりいってもいいのかい。それじゃあ、柿《かき》を買《か》ってよ。」

「柿《かき》か……あれは、冷《ひ》えるから毒《どく》だ。」

「じゃあ、みかんは。」

「みかんは、すっぱいから毒《どく》だ。」

「それなら、バナナを買《か》ってよ。」

「バナナ……あれは、高《たか》いから毒《どく》だ。」

「あんなことをいってらあ、お父《とっ》たんのは値段《ねだん》が毒《どく》なんだもの。じゃあ、飴《あめ》を買《か》ってよ。」

「飴《あめ》ぐらいなら買《か》ってやるよ、飴屋《あめや》が出《で》てたらな。」

「お父《とっ》たん、ちょいと横《よこ》をごらんなさい。」

「なにい、横《よこ》を……あれっ、飴屋《あめや》が出《で》てらあ。お前《まえ》は見当《けんとう》をつけておいてから、飴《あめ》を買《か》ってくれといったんだな。まあ、しようがねえ、買《か》ってやるよ……おい、飴屋《あめや》。」

「へいっ、いらっしゃい。坊《ぼっ》ちゃんお供《とも》ですか、エッヘッヘッ。」

「おい、いやな笑《わら》い方《かた》するない。飴《あめ》をくれ、いくらだい……それじゃあ銭《ぜに》はここに置《お》くからな。今《いま》お父《とっ》つぁんがとってやるから待《ま》ちな。どれがいいかな……赤《あか》いのがいいのか、それじゃあ（親指《おやゆび》と人《ひと》さし指《ゆび》をなめて）、おいっ、これはくっついて取《と》れないな。こっちのは（また指《ゆび》をなめる）、これも取《と》れないよ。（また指《ゆび》をなめて）この青《あお》いのも取《と》れないぞ。（指《ゆび》をなめる）」

「だめですよ、そんなにべろべろなめちゃあ。他《ほか》の人《ひと》に売《う》れなくなりますよ、私《わたし》にいってくれれば取《と》りますから。」

「それならそうと、はじめからいえばいいんだ……さあ、

▼銭《ぜに》
銅《どう》や鉄製《てっせい》のお金《かね》。

あめ

あーんと、大《おお》きく口《くち》を開《あ》けな、口《くち》の中《なか》に入《い》れてやるから。歯《は》にあてるんじゃないぞ、舌《した》の先《さき》でなめるんだ……そうそう、おいっ、よだれを垂《た》らすなよ。」

「歯《は》にあてちゃあいけないだなんて、飴《あめ》を長持《ながも》ちさせようとしてらあ。」

「そういうわけじゃないよ。お前《まえ》は虫歯《むしば》があるんだろう。だから後《あと》で痛《いた》んじゃいけないと思《おも》うからそういうんだ……おい、そう上《うえ》ばかりむいて歩《ある》くんじゃない。下《した》に水《みず》ったまりがあるから気《き》をつけな。ほら、気《き》をつけるんだよ。（背中《せなか》を一《ひと》つたたく）」

「痛《いた》いっ、エーン、エーン。つまらない小言《こごと》をいうない、下《した》に水《みず》ったまりがあるだなんて、そんなことは当《あ》たり前《まえ》だい。上《うえ》に水《みず》ったまりがあれば、世《よ》の中《なか》はひっくり返《かえ》っちまわい、

エーン、エーン。」

「こいつは、泣《な》きながら理屈《りくつ》をいってらあ。」

「おかげで、飴《あめ》を落《お》としちゃったい、エーン、エーン。」

「おやおや、どこに落《お》としたんだ……どこにも落《お》ちてやしないぞ。」

「背中《せなか》ぶったとたんに、お腹《なか》の中《なか》に落《お》としちゃったんだい。」

「なんだい、それじゃあ食《た》べちまったんじゃないか。」

「だからさあ、今度《こんど》は団子《だんご》を買《か》っとくれよう。」

「ほうら、またはじまった。だから連《つ》れてくるのはいやなんだ。」

「ねえ、団子《だんご》買《か》ってよお、団子《だんご》をさあ、お父《とっ》たん、団《だん》子《ご》！」

「うるさいなあ。買《か》ってくれるまでやめないんだから……お

い、団子屋《だんごや》、一本《いっぽん》おくれ。どれがいいんだ、蜜《みつ》がついたのがいいのか。それじゃあ、蜜団子《みつだんご》をおくれ。いくらだい、うん、それじゃぁ勘定《かんじょう》はここに置《お》くよ。今《いま》、お父《とっ》つぁんがもらってやるから待《ま》ちな、おおっと（と受《う》け取《と》り、蜜《みつ》がたれるのをなめながら）、こんなに、ペロペロ、蜜《みつ》をいっぱい、ペロペロ、つけるやつがあるかい、ペロペロ、子《こ》どもに持《も》たせるんじゃねえか、ペロペロ、着物《きもの》を汚《よご》しちまうよ、ペロペロペロペロ、さあ、金坊《きんぼう》やるよ。」

「いらないやいっ！　お父《とっ》たんが蜜《みつ》をみんななめちゃった団子《だんご》なんか、いらないやっ。」

「あっ、そうか。なるほど、これは少《すこ》しなめすぎたな。それじゃあ、ちょっと待《ま》ちな……団子屋《だんごや》、その瓶《かめ》に蜜《みつ》が入《はい》っているのかい、それじゃあ。（と、なめた団子《だんご》を蜜《みつ》の中《なか》につけようとすると)」

「あっ、だめですよ、そんなことをしちゃあ。」

「やっぱりだめかい。」

「当《あ》たり前《まえ》だい！」

「うふっ、そんなに怖《こわ》い顔《かお》をしなさんな、冗談《じょうだん》だよ。それじゃあもう一本《いっぽん》おくれ……さあ金坊《きんぼう》、食《た》べな。つまらない冗《じょう》談《だん》をしたおかげで、団子《だんご》を余計《よけい》に買《か》わされちまったよ。」

「だけど、ペロペロ、さすがに、ペロペロ、お父《とっ》たんは、ペロペロ、おいらのお父《とっ》たんだけあって、ペロペロ、いたずらだね、ペロペロ、ペロペロ。」

「何《なに》をいいやがる。つまらないことをいってないで早《はや》く歩《ある》きな。」

「ねえ、お父《とっ》たん。」

「なんだい。」

「今度《こんど》は、あれを買《か》ってよ。」

「またはじまった。あれって、なんだい。」

「あそこにある凧《たこ》が欲《ほ》しいんだい。」

「凧《たこ》なら、この間《あいだ》買《か》ってやったろう。」

「あれは破《やぶ》けちゃったんだよ。ねえ、凧《たこ》っ！　買《か》ってっ！」

「しようがねえな……おい凧屋《たこや》、一《ひと》つ欲《ほ》しいんだが……。」

「お父《とっ》たん、あの一番《いちばん》大《おお》きいのがいいや。」

「ああ、上《うえ》にある大《おお》きな凧《たこ》か……あれは売《う》らないんだよ。あれは看板《かんばん》に置《お》いてあるんだ。なあ凧屋《たこや》、そうだな、あれは看《かん》板《ばん》だろ。」

「いえ、売《う》りますんで……。」

「ちえっ、看板《かんばん》だといっておけよ……あんな大《おお》きな凧《たこ》は、お

前《まえ》にはあがらないから、そっちの中位《ちゅうぐらい》のにしておきな。糸目《いとめ》をよく見《み》てやってくれよ。いくらだい……へえっ、おっそろしく値《ね》が張《は》るな、それじゃあ、これでな……なに、お釣《つ》りになる、いいよ、お釣《つ》りの分《ぶん》は糸《いと》をふやしてやってくれ。それじゃあ、これはお父《とっ》つぁんが持《も》ってってやろう。なにい、自《じ》分《ぶん》で持《も》つ、それじゃあ気《き》をつけて持《も》つんだぞっ、破《やぶ》かないようにな……おい金坊《きんぼう》、あそこを見《み》てごらん、大勢《おおぜい》が凧《たこ》をあげてるじゃないか、お参《まい》りに行《い》く前《まえ》に、あそこでちょっとだけ凧《たこ》をあげてみようか……さあさ、それじゃあお父《とっ》つぁんがあげてやるから。なんだい、自分《じぶん》であげる……お前《まえ》にはまだこの凧《たこ》はあがらないよ。お父《とっ》つぁんがあげて、お前《まえ》に糸《いと》を持《も》たしてやろうというんだよ。だから、凧《たこ》を持《も》って後《うし》ろにさがんな、もっともっと。糸《いと》はたくさんあるから、もっとずんずん

▼値《ね》が張《は》る
ねだんが高《たか》い。

さがんな……いいかい、お父《とっ》つぁんがいいといったら凧《たこ》を放《はな》すんだ……まだまだっ、ようし、そら、放《はな》すんだ。」

ブーン、ブーン、ブーンブーンブーン。

「どうだい、うまくあがったろう……。」

「うわぁい、あがったあがった。」

「なあ、お父《とっ》つぁんは凧《たこ》をあげるのがうまいだろう。こういうものは、呼吸《こきゅう》であげるんだ。凧《たこ》を持《も》ってかけ出《だ》すのがあるが、本当《ほんとう》はこうしてあげなくちゃいけないんだ……しかし、上《うえ》の方《ほう》は風《かぜ》があるとみえて、どんどん糸《いと》が出《で》ていっちまうな、もっと糸《いと》を買《か》ってくればよかったよ。」

「お父《とっ》たん、あがった、あがった！　ねえ、お父《とっ》たん、もういいだろう、凧《たこ》を持《も》たしておくれよ、ねえ、お父《とっ》たん。」

「うるせえな……うるさいってんだよっ。」

▼**呼吸《こきゅう》であげる**
息《いき》をすったりはいたりするように、糸《いと》を引《ひ》いたりのばしたりして凧《たこ》あげをすること。

龍

「だって、お父《とっ》たん、おいらの凧《たこ》じゃないか。」

「……こういうものは、子《こ》どもの持《も》つものじゃねえ。」

「なあんだ、こんなことなら、お父《とっ》たんを連《つ》れてくるんじゃあなかった。」

うちだし

落語《らくご》の楽《たの》しみ方《かた》

桂《かつら》 文我《ぶんが》

日本《にほん》むかし話《ばなし》や、お説経《せっきょう》（お坊《ぼう》さんのお話《はなし》）を面白《おもしろ》くしたと言《い》われる落語《らくご》が演《えん》じられるようになってから、約三百五十年《やくさんびゃくごじゅうねん》と言《い》われ、その間《かん》、主《おも》に江戸《えど》（現在《げんざい》の東京《とうきょう》）や大坂《おおさか》（現在《げんざい》の大阪《おおさか》）で脈々《みゃくみゃく》と語《かた》り継《つ》がれながら、日本各地《にほんかくち》に伝《つた》わって行《い》きました。

落語《らくご》は和服《わふく》を着《き》た落語家《らくごか》が高座《こうざ》（落語《らくご》を演《えん》じる時《とき》の舞台《ぶたい》）の真《ま》ん中《なか》に置《お》いてある座布団《ざぶとん》に正座《せいざ》をし、顔《かお》を左右《さゆう》に向《む》けて何人《なんにん》も演《えん》じ分《わ》けます。

お芝居《しばい》のように、登場人物《とうじょうじんぶつ》に合《あ》わせて、カツラをかぶったり、化粧《けしょう》をしたり、衣装《いしょう》を替《か》えることもありませんし、その場面《ばめん》を表《あらわ》すような舞台《ぶたい》を造《つく》ることもありません。

その代《か》わり、聞《き》いている人《ひと》は、自分《じぶん》の頭《あたま》の中《なか》で自由自在《じゆうじざい》に想像《そうぞう》ができます。

そうすると、落語《らくご》が進《すす》むに連《つ》れて、まるで自分《じぶん》がその場所《ばしょ》にいるような気分《きぶん》になり、思《おも》わず「クスッ」と笑《わら》ったり、「なるほど」と同感《どうかん》したりするのです。

ですから、想像力《そうぞうりょく》が豊《ゆた》かであればあるほど、楽《たの》しむことができますし、時《とき》には自分自身《じぶんじしん》で細《こま》かいことをおぎないながら聞《き》く、〝創造力《そうぞうりょく》〟も必要《ひつよう》になってきます。

六代目柳亭燕路師匠《ろくだいめりゅうていえんじししょう》の書《か》かれた、この本《ほん》に出《で》てくる『平林《ひらばやし》』には、お店《みせ》でお手伝《てつだ》いをしている権助《ごんすけ》というおじさんが登場《とうじょう》します。

当時《とうじ》のお店《みせ》では、他《ほか》にも番頭《ばんとう》・丁稚《でっち》・女子衆《おなごしゅう》などという人達《ひとたち》が働《はたら》いていました。

落語《らくご》によく出《で》てくる丁稚《でっち》は、今《いま》で言《い》えば小学生《しょうがくせい》くらいの年齢《ねんれい》でしょうが、学校《がっこう》へは行《い》っていません。

この時代《じだい》の子《こ》ども達《たち》は、自分《じぶん》の家《いえ》を出《で》て、大《おお》きなお店《みせ》に住《す》み込《こ》んで、丁稚《でっち》になって働《はたら》くのが普通《ふつう》だったのです。

落語《らくご》を通《とお》して、一《ひと》むかし前《まえ》の世《よ》の中《なか》の様子《ようす》に触《ふ》れることができるのも、とてもいいことだと思《おも》います。

決《けっ》して、落語《らくご》はカビの生《は》えたような、古《ふる》くさくて、うっとうしい話《はなし》ではありません。

むかしの子《こ》ども達《たち》が落語《らくご》を見聞《みき》きしたり、本《ほん》で読《よ》んだりして大笑《おおわら》いをしていたように、平成《へいせい》の今日《こんにち》の子《こ》ども達《たち》も大《おお》いに楽《たの》しむことができますし、私《わたし》が子《こ》どもも落語《らくご》が楽《たの》しめる「おやこ寄席《よせ》」を始《はじ》めてから、早《はや》いモノで約二十年《やくにじゅうねん》になりますが、全国各地《ぜんこくかくち》の子《こ》ども達《たち》の笑《わら》い方《かた》や楽《たの》しみ方《かた》に変《か》わりがないことも実感《じっかん》しています。

ただ、必要以上《ひつよういじょう》に落語《らくご》にくわしくなると、落語《らくご》が楽《たの》しめなくなる場合《ばあい》があるようです。

落語《らくご》の台詞《せりふ》や段取《だんど》りを全《すべ》て覚《おぼ》えてしまい、落語家《らくごか》が話《はな》す前《まえ》に面白《おもしろ》いことがわかってしまうと、他《ほか》のお客《きゃく》さんよりも自分《じぶん》が知《し》っていることに優越感《ゆうえつかん》が先立《さきだ》ってしまい、落語《らくご》の世界《せかい》を楽《たの》しむことよりも、落語博士《らくごはかせ》や落語自慢《らくごじまん》の気分《きぶん》にひたってしまうのです。

また、子《こ》どもがプロの落語《らくご》をＣＤ《シーディー》やＤＶＤ《ディーブイディー》などで覚《おぼ》えて実演《じつえん》すると、必要《ひつよう》以上《いじょう》に周《まわ》りの大人《おとな》が褒《ほ》めそやす場合《ばあい》も増《ふ》えてきました。「よくできました。頑張《がんば》ってね」というくらいの褒《ほ》め方《かた》にしないと、「大人《おとな》よりも、プロよりも、自分《じぶん》は上手《じょうず》に演《えん》じられる」と、大《おお》きな勘違《かんちが》いをしてしまいます。それは落語以外《らくごいがい》の、どのジャンルにも言《い》えることですが……。

また、プロの落語家《らくごか》に指導《しどう》を受《う》けたりすることも、どうかと思《おも》います。

子《こ》どもも含《ふく》め、アマチュアの方《かた》から「『平林《ひらばやし》』や『子《こ》ほめ』を覚《おぼ》えましたから、聞《き》いて下《くだ》さい」や、「プロの演《えん》じ方《かた》を教《おし》えて下《くだ》さい」という依頼《いらい》を受《う》けることがありますが、その都度《つど》、私《わたし》は「自分《じぶん》の表現《ひょうげん》や工夫《くふう》で、好《す》きに演《えん》じて下《くだ》さい。それが、アマチュア落語家《らくごか》としては一番《いちばん》なのです」と答《こた》えています。すぐにプロの技術《ぎじゅつ》を身《み》に付《つ》けられるほど、簡単《かんたん》な芸能《げいのう》だとは思《おも》いませんし、そのようなことをして、本当《ほんとう》に楽《たの》しい落語《らくご》が演《えん》じられるとも思《おも》いません。

プロに習《なら》うと、落語《らくご》を演《えん》じる技術《ぎじゅつ》は上《あ》がるでしょうが、落語自慢《らくごじまん》の気分《きぶん》が先立《さきだ》ってしまい、「落語《らくご》の世界《せかい》を楽《たの》しむ気分《きぶん》」が薄《うす》らぐことにもなりかねませんから、要注意《ようちゅうい》です。

もっとエスカレートすると、落語会《らくごかい》の楽屋《がくや》の様子《ようす》や、舞台《ぶたい》の裏側《うらがわ》まで見《み》てしまい、落語《らくご》を見聞《みき》きしたり、読《よ》んだりして想像《そうぞう》するという、一番《いちばん》おいしい部分《ぶぶん》を台無《だいな》しにしてしまう最悪《さいあく》の結果《けっか》になってしまいます。

これでは、元《もと》も子《こ》もありません。

落語《らくご》を見聞《みき》きし、本《ほん》で読《よ》んだりする時《とき》は、必要以上《ひつよういじょう》にくわしくならず、気《き》楽《らく》に落語《らくご》の世界《せかい》で遊《あそ》ぶのが一番《いちばん》で、落語《らくご》を知識《ちしき》の一《ひと》つとして見聞《みき》きするのではなく、「心《こころ》の底《そこ》まで楽《たの》しむ」という気持《きも》ちで触《ふ》れてもらいたいと思《おも》っています。

（落語家《らくごか》）

作 家——六代目《ろくだいめ》柳《りゅう》亭燕路《ていえんじ》

1934（昭和 9）年東京に生まれる。明治学院高校卒業。
1954 年五代目柳家小さんに入門、前座名小助。
1957 年二つ目昇進、柳家小団治となる。
1968 年真打昇進、六代目柳亭燕路を襲名。
落語史の研究と落語に関する著述に力を注ぎ、『落語家の歴史』（雄山閣）のほか、落語に関する雑誌原稿など多数。1991 年逝去。

画 家——二俣英五郎《ふたまたえいごろう》

1932（昭和 7）年北海道小樽市に生まれる。日本美術会、リアリズム作家の会同人。絵本作品に『とりかえっこ』（さとうわきこ文　ポプラ社）、『こぎつねコンとこだぬきポン』（松野正子文　童心社）、『きつねのおきゃくさま』（あまんきみこ文　サンリード）、『十二支のはじまり』（岩崎京子文　教育画劇）のほか、民話、童話の挿絵など多数。

シリーズ本のチカラ
編集委員　石井　直人　宮川　健郎

※この作品は、1975年から、こずえより刊行されました。
※本文中のルビは、語り口調をいかしてつけられています。
※現在の人権意識から見て不適切な表現もありますが、作品が古典落語であることを考慮し、そのままにしました。

シリーズ 本のチカラ

子《こ》ども寄《よ》席《せ》　秋《あき》・冬《ふゆ》

2010年4月　5日　初版第1刷発行
2021年6月25日　第4刷発行

作　家　六代目柳亭燕路
画　家　二俣英五郎
発行者　河野晋三
発行所　株式会社 日本標準
〒167-0052　東京都杉並区南荻窪3－31－18
電話　03－3334－2640（編集）
03－3334－2620（営業）
ホームページ：http://www.nipponhyojun.co.jp/
装　丁　オーノリュウスケ
編集協力　株式会社本作り空Sola
印刷・製本　小宮山印刷株式会社

NDC 779/120P/22cm　ISBN978-4-8208-0444-4
◆ 落丁・乱丁本はおとりかえいたします。